Corps à corps

Couverture : Arielle Sibony, *Destructed feminity*, 35x25 cm, pinceau et acrylique © Joseph Reich

9, rue de l'École-Polytechnique – 75005 Paris
www.michalon.fr
ISBN : 978-2-84186-979-4

Arielle Sibony

Corps à corps

Michalon Éditeur

À Charlotte et Daniel, mes chers parents

Si j'avais su que l'on pouvait mourir un jour, peut-être aurais-je alors mieux vécu. Si j'avais su que la verticalité pouvait céder, qu'un corps pouvait s'émietter et se désagréger tout entier, peut-être aurais-je alors mieux compris ce qu'il fallait accepter.

En te regardant aujourd'hui, allongée dans ce corps figé, ce corps insensible et éteint qui n'est déjà plus le tien, j'ai cru voir dans tes yeux un reflet de liberté. Une promesse d'ailleurs. Tes yeux si clairs et si vifs qui savent encore sourire semblaient crier leur force et leur vigueur. Leur libération. Ton regard était libre, oui, libre de ton corps, qui n'est à présent là que pour gésir.

Tu regardais le ciel, avec défiance et sérénité à la fois, et je te jalousais, encore, comme toujours depuis notre enfance. Une grande sœur, c'est fait pour être jalousée, n'est-ce pas ? Mais toi, déjà trop libre pour être touchée, tu le savais et tu n'en as jamais rien fait.

Moi, la liberté, elle m'a toujours échappé. Trop sauvage, trop impulsive, je n'ai jamais su l'apprivoiser. Pour moi, la liberté, c'est l'isolement, la solitude, l'abandon.

Dénaturer la vie, c'est en te regardant aujourd'hui que j'ai enfin compris. Toi, malade, désormais prisonnière de ton corps, tu étais pourtant bien libre de lui, comme déjà partie, dans tes pensées, dans tes rêveries, tu n'avais besoin de rien ni de personne pour être bien aujourd'hui.

Je l'ai donc enfin vu, ce corps qui s'en est allé, ce corps qui t'a déjà quittée, ne laissant que des décombres charnels, futiles et inutiles. Il y a quelque temps encore, tu n'étais pas à ce point ensevelie. Je te regardais et j'étais presque effrayée, si belle et si sereine dans ce jardin calme et abandonné. Ce jardin où personne n'ose plus aller puisqu'il t'a désormais été attribué. Par instinct, ou par crainte, je me suis harponnée à chacun de mes membres, comme pour me rappeler égoïstement que les miens, eux, sont encore bien animés, qu'ils continuent de régir et de tout contrôler. On s'attache à nos tyrans, semble-t-il, les miens sont mes partenaires de vie.

Je te regardais, fixement, tendrement, et je ne pouvais rien faire d'autre que penser. Pétrifiée à l'idée de te déranger, honteuse d'être à mon âge déjà si exténuée, j'étais, encore une fois, envieuse de toi. Une envie à la fois mystérieuse et inhérente à mon tourment, celui qui m'a empêchée de pleurer aujourd'hui en te voyant ainsi. Je le voulais pourtant, tu étais si belle, cela aurait eu du sens, enfin. J'aurais dû te dire à quel point tu étais belle, et j'aurais dû pleurer aussi. Pleurer de force et de rage, pleurer de révolte, pour te crier à quel point tu es vivante et que ton corps inerte n'est rien d'autre qu'un détail, une faute, un contresens naturel.

J'aurais aussi dû pleurer ma faiblesse et mon admiration. Pleurer mon amour, pleurer mon désarroi, rien que pour avoir le droit de te prendre dans mes bras, comme tu l'as toujours fait lorsque j'avais mal. Me réfugier dans tes bras tendres et généreux, tes bras maternants qui ont su remplacer les bras froids et distants de Maman. Non, aujourd'hui, je suis restée transie devant tes bras désormais apathiques. Transie devant mes souvenirs, les images du passé, celles de ta douceur et de ta force maternelle avec laquelle je me suis construite tout au long de ma vie. Ces images m'ont perdue dans un voyage d'enfance, ce voyage périlleux qui nous prend seulement dans les grands moments. Cette enfance que nous avons partagée, si proches, et à la fois si éloignées. Tu étais déjà femme, toi, lorsque je suis née.

C'est dans cet instant d'égarement que Maman a traversé le patio pour t'apporter du thé chaud. 26 degrés dehors, soleil tapant, chaleur étouffante, tu es paralysée, pas anesthésiée. Maman n'a jamais su comment materner, elle n'en a pas été capable. Jamais. Le spectacle était si grotesque, on aurait dit une petite fille qui rend visite à sa grand-mère et ne sait ni quoi dire, ni quoi faire, mais persiste et fait quand même. De travers. Elle n'a jamais été mère ni pour toi, ni pour moi, égoïste et lâche, c'est donc à toi qu'elle a laissé être pour moi ce qu'elle n'a jamais voulu être pour nous. Tu as donc été une mère, avant d'avoir été une sœur.

J'ai donc toujours été un peu ton enfant, et c'est avec ces mêmes yeux d'enfant que je te regardais aujourd'hui. Cette même boule juvénile qui saisit le ventre lorsque l'on voit partir sa mère le soir, ou lorsque l'on est pris de peur parce qu'elle revient trop tard. Cette même douleur viscérale d'incompréhension, celle qui prend au cœur et au corps et qui demande désespérément : mais où s'en va-t-elle comme ça, encore ? Toi tu ne vas nulle part, toi tu ne vas plus, mais tu es pourtant déjà bien loin. Impuissante, tu as déjà rendu les armes, abandonnant le combat avec toi-même, capitulant face à ton propre corps. Et moi je suis là, face à ce spectacle, je ne peux rien faire et j'ai mal.

Dans la maison qui sentait déjà l'abandon, ça fourmillait de partout, les gens allaient et venaient sans trop savoir où aller, sans trop vouloir se poser. Il y avait comme une odeur d'enterrement, une odeur de vieux et de pain rassis, une odeur d'usé et de moisi. Un peu comme lorsqu'on allait chez Mamie.

On n'osait ni se mouvoir, ni se parler. On n'osait pas non plus te parler, de peur sans doute de te déranger ou de te brusquer. Mais te déranger de quoi ? Tu ne fais plus grand-chose, si ce n'est plus rien. Ton immobilité intimide, elle pétrifie. Une fois entrés dans ta demeure, ton territoire, les gens se crispent, se muent, ils changent de voix, changent de peau et mettent un masque. Ils chuchotent, ils balbutient. Qui sont-ils ? Que veulent-ils ? Ils sont tous là par défaut, mais après tout, c'est ce qu'il faut. Ils ne venaient pas avant, c'est fou comme tout change, péniblement et à la fois si rapidement.

Depuis que ta guerre corporelle a commencé, la vie s'est métamorphosée. Chacun de nous a trouvé son échappatoire pour s'y réfugier. On est tristes, on est enfin autorisés à l'être ouvertement. Chacun se morfond joyeusement car, après tout, nous sommes encore bien vivants, et chacun simule comme il peut ce que tu vis et connais vraiment : la douleur et le dénuement. Chacun essaye et échoue, on dirait presque volontairement.

Maman ne mange presque plus, pour une fois, elle a trouvé une raison excusable. J'étais pourtant bien étonnée de la voir chez toi, moi qui étais sûre qu'elle ne viendrait pas. Elle ne vient jamais nulle part. J'imaginais une forme de rancœur, puisque sa raison d'être à elle, c'est le malheur, et que tu lui as, en quelques mois à peine, confisqué son petit privilège. Avant toi, l'aridité du corps, le corps malade, le corps éteint, c'était elle. Depuis toi, tout a changé, elle n'est devenue qu'une simple contrefaçon, une pâle copie, un détail. Depuis toi, il n'y en a que pour toi.

Je préfère ça, les malheurs de Maman ne m'intéressent pas.

Papa m'a raconté qu'il ne l'a jamais vue aussi maigre, comme si elle voulait compenser, te rattraper, comme s'il fallait progresser au rythme de ta maladie. Plus maigre que la maigreur même, vraiment, est-ce encore à la limite de l'humain ?

Moi, je n'ai rien remarqué d'alarmant en l'apercevant aujourd'hui brièvement. En tout cas pas plus qu'avant, toujours fidèle à Maman. La dernière fois que je l'ai vue, c'était il y a huit mois, pour les cinq ans d'Elie, dans ce même jardin où nous jouions tous ensemble, où tu pouvais encore marcher et où tout semblait aller. Je l'avais à peine remarquée, tout comme aujourd'hui, Maman n'est pas remarquable. Ce même jardin où tu es assise aujourd'hui, cloîtrée, désormais immobile. Elle était décharnée, comme toujours, ce qui m'avait d'ailleurs presque rassurée. Elle qui n'a jamais eu de limites pour les châtiments, je me disais qu'au moins, ça n'irait pas plus loin. Papa m'a pourtant affirmé qu'elle avait réussi à transgresser la limite ultime, finissant il y a quelques jours aux urgences, souviens-toi, comme durant notre enfance. Et aujourd'hui, comme toi. Même hôpital, même douleur, même corps qui s'échappe. Je n'en ai pas demandé davantage, peut-être était-ce un problème au cœur, une faiblesse extrême, je ne sais pas, mais ça m'a rappelé que nous avions finalement une chose en commun elle et moi : le jeu des limites. Le jeu du jusqu'où ira-t-on pour se punir. On se punit car personne ne l'a fait pour nous. On se punit parce qu'on a peur d'être libres. Mais toi, la douceur, la sage, l'innocente, toi, tu es condamnée alors que tu n'as rien fait.

Je ne connais pas bien Maman, mais j'imagine qu'elle a su échapper à bien des tourments. Les tourments féminins, les tourments maternels, les tourments de femmes qui ont donné la vie et qui ne le voulaient pas. Les femmes qui n'ont jamais voulu remplir leur devoir de femme. Je ne sais pas pourquoi je ne l'ai vu et compris qu'aujourd'hui, clairement, avec cette évidence frappante qui ne surgit que lorsqu'elle le veut. Soit, alors aujourd'hui, je l'ai vu.

J'ai vu son corps à elle qui fonctionne encore, et qui pourtant ne le mérite pas. J'ai vu ses jambes et ses bras se mouvoir, j'ai vu ses membres maigres, frêles, elle qui s'en sert à peine. L'ingrate, elle devrait te les donner à toi. Lorsque tu as pris le thé chaud avec peine, elle t'a regardée, embêtée, ahurie, maladroite, elle ne savait ni quoi faire, ni quoi dire. Non, Maman n'a jamais su comment agir. Maman n'a de mère que le nom et, aujourd'hui, elle s'est improvisée Maman de substitution, comme si soudain tu en avais besoin. Mais si elle te connaissait, elle saurait que tu n'as jamais eu besoin de rien.

J'étais exaspérée par ce ridicule spectacle, impuissante et déjà lasse, je me suis mise à flâner, comme tous ces gens que je ne reconnaissais qu'à moitié. Puis, en vagabondant dans la maison, je me suis surprise à fouiller dans tes tiroirs, comme une petite fille qui s'ennuie chez ses grands-parents et qui cherche des histoires. Parce que chaque objet contient un passé. C'était peut-être la mauvaise odeur, peut-être les fades couleurs, l'atmosphère mortuaire, je ne sais pas, j'étais inspirée, j'avais besoin de ça, chercher sans devoir trouver. Et puis je suis tombée sur une vieille photo, immiscée entre de vieilles factures et un vieux dossier encore indéterminé. Le meilleur endroit pour être bien préservée. Ce genre de photo qu'on appelle affectueusement « photo de famille », parce qu'elle sent fort, qu'elle contient tous les ingrédients du bonheur, le papa, la maman, la grande sœur, le doux passé. Que la joie se lit sur chacun des visages, qu'il y a nos sourires figés et qu'on ne peut pas déceler les faux des vrais. Ce genre de photo qui rappelle un temps si lointain qu'on se demande si ce temps a existé véritablement. Une preuve, une trace du bonheur, ça vaut de l'or. La photo était belle, elle m'a arraché un sourire que je n'aurais pas pensé ni voulu avoir aujourd'hui. Nous étions toutes les deux assises sur l'herbe, Papa et Maman un peu plus loin de nous, en retrait, face à je ne sais quelle maison de vacances probablement louée, et la contempler m'a presque rassurée. Oui, c'était bon de replonger dans une eau vieille de plus de quinze ans, où tout et rien n'avait vraiment changé, où tout semblait figé et où l'avenir s'annonçait plus beau que le passé. Moi, déjà frêle et triste, et toi, déjà grande et forte. Papa soutenant Maman, diaphane et pourtant encore belle. J'étais blottie contre toi, comme je l'ai toujours fait, et semblais jouer à être ta poupée. Peut-être faisais-je même semblant de te téter, en tout cas, une certaine maternité se dégageait de notre position. C'était troublant, et je dois avouer que je ne me souvenais pas de cette photo, mais je me souviens de cette voluptueuse poitrine qui t'est apparue si tôt et qui pour moi a toujours été là. À la fois fascinante et réconfortante, j'ai toujours eu envie d'en être maternée. Tu es née femme. C'est avec toi que jouer à la petite enfant résonnait le plus juste. Tu n'avais pas douze ans que déjà tu avais les rondeurs d'une mère. Injuste, je t'ai fait devenir mère et sœur à la fois.

J'ai pris la photo avec moi, il me semble qu'elle ne te manquera pas, tandis que moi, elle m'a réchauffée, elle m'a ranimée, elle m'a arraché d'un désarroi qui avait jusque-là laissé mon cœur inanimé. Paralysée devant toi et tyrannisée par mes émotions, tu sais que j'ai toujours eu besoin de ces petits détails pour calmer ce cœur si maladroit. Une photo, c'est un détail de vie, et cette photo m'a rappelé notre vie.

J'avais si mal de te voir, je voulais te serrer si fort que j'en ai serré la photo. C'est comme ça que les gens font lorsqu'ils ont trop peur des vivants, ils s'agrippent aux objets, et lorsqu'ils ont peur du présent, ils s'agrippent au passé. Le passé, figé dans une photo rangée. Mon passé est tant aimé et le présent semble déjà être assassiné.

Tu vois, je n'ai pas vingt-trois ans et déjà je me sens fléchir. J'ai des envies de retour, des envies de repos, je jalouse presque ton apathie. Accablée et tiraillée par un corps que j'ai trop longtemps persécuté, je n'ai aujourd'hui plus de force pour rien, plus de force à rien, je suis à bout de forces et je n'ai qu'une envie, voyager dans le passé. Pourquoi n'ai-je pas eu ta force à toi ? Pourquoi est-ce moi qui ai été désignée comme la sœur faible et impuissante ? La sœur problématique, la sœur dont il faut prendre soin parce qu'elle en a besoin ? Pourquoi être « ta petite » ne m'a jamais faite grande ? Je n'ai jamais voulu de ce titre, comme tu n'as jamais voulu du tien, et toute ma vie je n'ai fait que rêver ta vigueur, ta force et ta féminité. Aujourd'hui, je t'ai vue faible et j'ai eu mal. Elle m'a rappelé ma faiblesse à moi, celle d'avoir toujours voulu être maîtresse de moi-même, faisant de chaque mouvement, chaque déplacement, chaque pulsation une tyrannie. Voilà pourquoi la danse m'est naturellement apparue comme une évidence, celle de la souffrance choisie, du châtiment protecteur, celle qui m'a sauvée et dévastée à la fois. Pour survivre, il fallait que je me façonne, que je me transforme et me fige en une sorte de moulure, de statue sans vie. À trop vouloir être forte, je me suis affaiblie. À trop vouloir régner, je me suis soumise, à trop vouloir être libre, je me suis emprisonnée. Classique, n'est-ce pas ? Peut-être, mais lorsqu'il n'y a personne devant soi pour nous refléter, comment s'éviter soi-même ? Comment fuir son propre despotisme, sa propre tyrannie ?

Moi, je ne sais pas.

Je me rappelle que tu te moquais souvent de cette discipline obsessionnelle, de cette rigueur que tu jugeais absurde et qui faisait de moi une marionnette désabusée, une poupée lasse et déjà usée. Tout était déjà contrôlé, c'est ce qui me rassurait, tandis que toi, ça t'inquiétait. Tu ne vivais déjà plus à la maison, tu m'avais déjà quittée, alors il m'a fallu trouver un moyen de te remplacer. Tout ce que je faisais, ce que je vivais et ce que je ressentais était contrôlé. De tout ce qui entrait et sortait de mon corps, plus rien ne m'échappait, j'apprenais à devenir le tyran de ma vie. Aucune place pour le saisissement, aucune perte, aucun relâchement, tu aurais pu, tu aurais dû m'empêcher de me contrôler à ce point ! Ou au moins me protéger. Tu n'as jamais rien fait d'autre que me laisser, m'abandonner à mes folies sous prétexte que je voulais être libre. Je l'espérais. Une liberté qui n'en n'était pas : une petite sœur, ça suit, ça prend exemple, ça avance lentement, avec prudence et précaution. Oui, une petite sœur, ça marche derrière, sinon ça se perd. Alors oui, je t'aurais écoutée, toi, ma sœur, si tu avais osé me parler. Mais tu avais déjà ta vie à toi, où il n'y avait plus de place pour moi. Tu avais d'autres inquiétudes, d'autres tourments que ceux que l'on peut avoir pour sa petite sœur. Alors ce n'est que dans la danse, dans la discipline du corps, que j'ai pu trouver mon refuge. Le corps rassure.

Ce corps que tu ne sens plus et qui pourtant te fait souffrir, tandis que moi, c'est lui qui ne me sent plus, qui ne veut plus. Devenu une machine, il se meut ou il se tait à mes ordres, c'est mon outil, mon exécutant. Moi, j'ai un corps à survivre, un corps à subir et à obéir. Toi, peut-être que sans lui, tu peux enfin revivre ? Peut-être qu'il te laisse rêver en paix, lui. Ne plus ressentir ses membres, c'est peut-être un moyen de s'en affranchir ?

Tu sais, depuis ta chute, depuis ton fléchissement, j'ai compris des choses, forcée d'y penser ; j'ai dû faire face à mes réalités. Je ne sais pas vivre sans la douleur, c'est elle qui m'anime et me ranime à la fois. Depuis que tu es tombée pour la dernière fois, et que tu ne t'es jamais plus relevée, j'ai compris que c'était ma raison de vivre, que la chute est permanente et que c'est elle qui me maintient. Lorsque je tombe sur scène ou en coulisses, la chute s'harmonise inexorablement avec le succès. Réussir sans souffrir, pour moi ça n'existe pas. J'ai toujours eu mal, depuis petite, toujours aimé le sang et les cicatrices, j'ai su trouver une forme de plénitude dans la douleur. Une satisfaction. Une fois le mal atteint, je suis comme repue, enfin satisfaite.

Il y a quelques années déjà, après ma première représentation de *La Bayadère* sur scène, tu es venue me féliciter dans ma loge, et tu m'as dit que tu n'avais jamais rien vu d'aussi gracieux et d'aussi « parfait ». Parfait, c'était ton mot, oui. Tu semblais émerveillée par tous ces corps en mouvement, fascinée par la rigueur et le rythme vivant, qui étaient selon toi la chose la plus absolue et achevée ici-bas. À t'écouter, j'en fus presque désenchantée. Ainsi, je t'avais si facilement impressionnée, toi ma sœur, mon aînée, celle qui m'avait toujours fascinée, voilà que ce jour-là, les rôles s'étaient inversés. J'en fus presque déçue et pourtant, tes mots m'enveloppaient d'une douceur que je n'avais jamais connue, qui me manquait et dont j'avais terriblement besoin.

En y repensant, c'est vrai que tu n'as jamais su danser. Maladroite avec ton corps, tu savais malgré tout comment le regarder, le comprendre, et l'apprivoiser. Moi, je n'ai jamais su l'écouter, et je me souviens t'avoir répondu, avec un détachement proche du mépris, que la perfection n'existait pas sans la souffrance. Que le mouvement n'existe que s'il est possédé, dompté, qu'il doit se battre et se débattre pour être parfait.

Mais quelle grande folle j'ai été !

Tu m'avais écoutée, tu m'écoutes toujours si bien, et tu n'avais répondu que ton sourire, celui dont tu as le secret et que tu me réserves lorsque tu ne veux pas me brusquer. Ce sourire qui ne veut rien dire, mais qui est là et qui a au moins le mérite d'apaiser. Tu m'as quand même embrassé le front, en me rappelant que tu étais fière de moi, le reste n'avait que peu d'importance pour toi. Tu avais tant raison. C'était ma première fois sur scène, ma première souffrance, la première fois que tu me voyais donner en public. C'était ma première victoire et toi seule étais là pour voir ça, ni Papa, ni Maman, oui, uniquement toi, la fidèle, avec ton regard de sœur. Le vrai, le tendre, le regard qui me manque encore plus maintenant. Jamais jugée, jamais condamnée, jamais rien reproché. Tu aurais pu, peut-être même que tu aurais dû. Car aujourd'hui, c'est moi qui te blâme, moi l'intolérante, qui en veux à ton corps et à toi. Lâchement abandonnés, l'un ne pouvant vivre sans l'autre, cette condamnation réciproque me révolte. Que peut-on faire ? Rien ? Comment arrêter, réparer, ralentir ? On n'a pas le droit de nous laisser comme ça, impuissants et imbéciles. C'est donc à ce duo médiocre, si simple, si fragile et pourtant si dévastateur, que la vie tient ?

J'ai détesté te regarder. J'ai détesté comprendre.

Toutes ces pensées qui m'ont envahie abusivement. Ces pensées écœurantes de simplicité et de clairvoyance, ce mortuaire accompagné de souvenirs lointains : tout était là aujourd'hui, tout m'est tombé dessus comme de malentendu. Je n'étais pas prête à faire face, à replonger dans les eaux troubles de notre passé, et c'est dans ta chambre trop bien rangée, où j'ai humé ton odeur vanillée, que mon cœur s'est naturellement dénoué, me précipitant involontairement dans notre enfance. Réconfortée, le simple réflexe animal de humer ton parfum a eu le pouvoir de me faire voyager dans le temps, celui où nous étions seules, toi et moi face à un monde que nous ne comprenions déjà pas.

Ce parfum, c'est le parfum de la tendresse enfantine, de l'amour, de toi. Car, oui, c'est toi la première personne que j'ai su aimer. Dès mon commencement, la première manifestation de moi-même, mon premier élan de vie, c'est toi qui étais là. Je suis née dans un monde que déjà tu avais fait mien, un monde déjà apprivoisé, un monde dulcifié, un monde au goût de caramel au beurre salé. Tu sais, ceux que tu m'offrais souvent lorsque que je l'avais mérité ? Ces caramels de reconnaissance, dont je voulais tant être récompensée et que pourtant je ne mangeais jamais. Je l'avoue, je ne les ai jamais aimés. Tu le savais, ça ? Sirupeux, pâteux, mielleux et collants, je les trouvais presque insultants tant ils étaient écœurants. Mais, aussi étrange qu'absurde, ils ne m'ont jamais quittée. Ils me rappelaient toi, ta présence jamais bien loin et ça me faisait du bien.

Je crois qu'aujourd'hui, je me suis machinalement mise à chercher dans ta chambre un de ces caramels, et il m'est soudain apparu que peut-être, toi non plus, tu ne les aimais pas. Cocasse ! Depuis qu'il a l'âge d'avoir des caries, c'est désormais à Elie que j'achète ces cochonneries. Je crois aussi qu'il ne les aime pas vraiment, car il me dit toujours qu'il te les donnera, parce qu'il croit que tu aimes ça. Vraiment ? Peut-être. Alors je continue, et je me dis que tu devines aussi.

Cette odeur caramel de ta chambre, mêlée à celle de ton parfum, animait toutes mes pensées, leur donnait vie, me rappelant la sérénité de mes années passées à tes côtés, et ça me faisait du bien. Nos années où tu prenais soin de moi, où je pouvais m'abandonner un peu, parce que tu me l'autorisais et qu'il le fallait. Tous ces souvenirs me berçaient, pourtant je souriais, agacée, les gens autour me fixaient, ça m'exaspérait, et cette chambre trop vide et trop bien rangée me donnait le vertige et la nausée. Froide et asséchée, elle n'a aujourd'hui plus rien de toi. Tu n'y vis même plus, tu es simplement posée là, tel un talisman, tu observes, tu attends. J'étais aussi émue, bien sûr, de te voir ainsi vulnérable et faible, parce que je me sentais plus proche de toi, un peu, mais ce n'était qu'illusoire puisque je n'ai pas vraiment pu te voir, ni te parler, ni même te serrer dans mes bras comme tout le monde l'a fait à ce moment-là. Sans gêne et sans pudeur, avaient-ils seulement demandé ton avis ? Ce silence dans lequel je m'étais réfugiée m'a livrée à mes pensées, nue, je n'avais pas d'autre choix que de me remémorer les histoires du passé. Se remémorer, c'est aussi une manière de se retrouver, n'est-ce pas ? Alors je t'ai retrouvée, il y a longtemps, dans une autre époque, la nôtre, et dans un autre corps, le tien.

Je ne saurais pas te dire combien de temps cela a duré vraiment, car vite rattrapée par la réalité, j'ai été violentée par cette atroce image de Jeanne qui s'est mise à changer ta couche tel un nourrisson, une grabataire. Ou une handicapée. Tu t'es laissé changer, mais tu ne savais pas que je regardais. Horreur, aucune petite sœur ne devrait être le témoin d'une telle scène. Voir sa sœur handicapée, même le prononcer, est l'une des plus grandes violences d'une vie. Trop proche de la réalité, injustement proche, les handicapés, c'est les autres. C'est toujours les autres, ça ne peut pas être nous. C'est ceux à qui on laisse la place dans le métro, dans les parkings, dans les files d'attente. C'est ceux à qui l'on fait des politesses, qu'on regarde avec pitié et tristesse, c'est ceux qui procurent cette petite satisfaction honteuse mais rassurante qui rappelle qu'ils ne sont pas nous et que nous ne sommes pas eux. Les handicapés, c'est ceux qu'on voit à la télé, pas chez nous. Je te refuse ce titre. Ce titre très incertain et ambigu puisque tu n'es ni vraiment allongée, ni vraiment assise, ni complètement paralysée, tu es encore en combat. Oui, tu te bats, et tu ne te laisseras pas tomber encore plus bas ! N'est-ce pas ?

C'est à ce moment-là, ce moment aussi régressif qu'humiliant, que je me suis rappelé une phrase troublante que tu m'as dite lorsque j'avais treize ans. Je venais d'avoir mes règles, j'avais pleuré dans tes bras, j'avais hurlé d'effroi à l'idée de mettre ces « couches » qui me rappelaient mon handicap, mon handicap de femme. Le sang et les sanglots coulaient à flots, et tu m'as dit que ce sang, c'était le sang de la vie, et que je pourrais la donner à mon tour seulement lorsque je serais prête.

Tes mots ont toujours su m'apaiser, tes mots qui ont su t'obéir. Toi, la sœur féminine aux formes généreuses, aux cheveux satinés et aux hanches aussi onctueuses que les miennes asséchées. Je n'ai jamais prétendu un jour pouvoir te ressembler, ni même y penser. Le simple fait de partager ton quotidien mensuel m'effrayait. Mon corps me submergeait déjà, tandis que toi, d'une sérénité angélique, tu étais là pour me rassurer de ce mal qui n'en était pas un. Et pourtant.

Aujourd'hui, c'est toi qui t'écroules, submergée par un corps que j'ai si longtemps envié. Littéralement fascinée, happée par cette image de Jeanne te changeant avec soin, et ta couche et ton lit, imbibés de ce fameux sang féminin, je regardais ton corps de femme qui, lui, suffoquait le corps de malade. Ce « sang de vie » ne t'a pas désertée, toi, ce sang que moi, l'aride, je subis, et ne vois à présent que sur les ligatures de mes doigts.

Ces règles, que je n'ai aujourd'hui que bien rarement, ont signé ma séparation avec mon corps, me faisant jurer de ne jamais plus le laisser gouverner, plus une faiblesse, plus une infirmité. Ma nouvelle vie de femme serait désormais domptée, réglée au mouvement près. Après cet épisode sanguinaire que je n'étais pas prête à endurer, ma vie est devenue une monotonie apathique, déconnectée, une vie automatique.

La danse est sans pitié, et si le sang des règles m'a toujours affolée, celui de mes orteils, lui, a toujours su me calmer. Pas de réussite sans souffrance et sans douleur, souviens-toi.

Je vis la vie à mesure que je la danse, que je la travaille, que je la souffre. C'est moi, la fragile, dans cette histoire, c'est moi, la petite sœur, c'est moi la Petite. C'est moi qui ai besoin de règles et de discipline.

Toutes ces bribes de vie, à travers tes photos, tes gestes, tes odeurs me sont remontées tel un relent mémoriel qu'il me fallait revivre. Aujourd'hui. J'aurais pu y penser avant, c'est vrai, nous aurions pu en parler, peut-être même aurions-nous pu en rire. Ça nous aurait soulagées. Pourtant, je suis restée muette. D'émotion et d'amertume mélancolique, je ne te voyais plus assez forte pour écouter et supporter les murmures d'un passé ravageur. J'ai donc voyagé seule dans notre monde fugace, notre monde trop vite émietté par le temps qui passe et confisque les êtres chers. Oui, tu m'as été confisquée trop vite, et trop brutalement. Tu es partie de ma vie alors que je commençais à peine à la vivre. Tu t'es enfuie, ou l'on t'a pris. Mais tu y as consenti lors de tes fiançailles avec celui qui t'a appelée « sienne », tandis que tu étais encore mienne. Avec celui que je hais, pour le simple fait qu'il t'aime. Tiens, mais où était-il donc, cet Alexandre, aujourd'hui ? Pour une fois, j'aurais bien aimé lui parler, un peu, moi qui ne lui adresse jamais un mot. Nous aurions discuté de choses joyeuses ou nous aurions fait semblant, sûrement évoqué votre mariage, ce jour si réjouissant mais qui fut l'achèvement, celui de ma première brisure, de ma première séparation, de mon premier deuil. Mais, qui sait, peut-être qu'aujourd'hui, ça aurait été différent. Peut-être qu'on aurait trouvé un peu de réconfort, ensemble, pour la première fois.

Je crois mieux me souvenir de la veille de ton mariage que de ton mariage lui-même. Tu étais revenue à la maison, comme pour me narguer et me rappeler ce que je ne vivrais plus jamais. Tu étais redevenue ma sœur le temps d'une soirée, et moi ta Petite. Nous étions toutes les deux émues, toi d'amour, et moi de désespoir. Tu étais si heureuse, comme lorsque l'on est amoureuse, et moi j'étais dépitée, abattue, brisée comme après une rupture. Maman nous avait abandonnées dans la chambre du haut, cette chambre devenue grenier, cette chambre désormais enterrée. Tu t'étais mise à me parler comme une amie, une sœur à égale. Tu m'avais confié tes craintes et tes doutes, c'était si troublant de te voir perdue pour la première fois, de te voir tourmentée, sans pourtant vouloir le montrer, ni trop te confier. En cette veille de mariage, je me rappelle avoir essayé de te rassurer, de te materner, jouant à te pouponner, te dorloter, prétendant être ton fiancé le temps d'une soirée. Tu t'entraînais à dire « oui » avec fermeté, et moi, j'avais envie de pleurer. Tu ne jouais pourtant qu'à moitié, déjà prise d'inquiétude pour ta petite sœur que tu sentais détachée. Oui, moi aussi j'étais déjà loin, j'avais commencé mon chemin et tu le réalisais enfin. Après des années d'absence, l'abandon m'avait fait grandir ailleurs, autrement, nous n'étions plus deux, et j'étais à présent seule.

C'était pourtant une belle soirée, douce et tendre, et ce n'est que maintenant que je le comprends et que je me sens capable de l'apprécier vraiment. Comme c'est triste de ne pas savoir jouir des moments présents, de n'aimer que les souvenirs et non les instants.

Tu vois tout ce à quoi j'ai pensé, en vagabondant seule dans ton espace sans rien pouvoir partager avec toi ? Tu sais, je ne repense jamais à notre enfance, comme si c'était un frein, une entrave à mon avancée dans la vie. Ne pas se retourner au risque de s'abandonner. Notre enfance, c'est notre faiblesse, et je n'étais pas assez forte pour m'autoriser à l'être, car il faut être fort pour savoir être faible. La faiblesse est un privilège de forts. Mais c'était pourtant si bon de pouvoir voyager dans le temps, de m'y perdre un instant, et puis, de m'y retrouver.

Pudique, tu aurais sûrement voulu pleurer, je le sais, et ça, je n'aurais pas pu le supporter. Lorsque Jeanne t'a rhabillée, c'est à ce moment-là que je suis revenue à la réalité, et que je me suis brusquement éloignée. D'effroi et d'épouvante. Lorsqu'elle t'a soulevée, c'est à la fois mon cœur qu'elle a ébranlé et mon enfance qu'elle a achevée.

J'aurais tant voulu te raconter toutes ces pensées déchaînées qui avaient envahi mon esprit, tels des vieux spectres poussiéreux que j'étais pourtant sûre d'avoir évincés de ma vie. Non, ils sont revenus et ils m'ont assaillie alors que j'étais seule et accablée, ces spectres de notre passé. Tu étais à la fois ma sœur, mon amie, ma mère et parfois même mon père. Je te disais tout, sans avoir à te parler. Là, aujourd'hui, je me serais assise à tes côtés, et je t'aurais raconté comment je me suis retrouvée orpheline. Orpheline d'une sœur, ça t'aurait émue et c'est à ce moment-là que tu aurais sans doute pleuré. Mais peux-tu encore verser des larmes, des vraies ? Ton système nerveux a abandonné tes muscles, mais pas tes émotions, tes sentiments, ni tes souvenirs. Alors est-il encore capable de sécréter ce petit liquide salé, ce liquide magique, aussi apaisant qu'éprouvant ? Ce petit cours d'eau si rude, qui pourtant adoucit et soulage comme rien d'autre ?

J'aurais dû te faire ce cadeau-là, te l'offrir et rester. Te parler, te raconter, voilà, on aurait ri et on aurait pleuré. Ensemble. Pourquoi ne l'ai-je pas fait ? Jeanne, constamment à tes côtés. Elie, qui jouait à quelques pas de nous et qui aurait vu sa mère pleurer. Alexandre, qui aurait soudain pu rentrer et une fois de plus interférer. Maman, qui rôdait. Les invités, qui s'agitaient tout en restant muets. Tous ces tableaux me déplaisent, à moi, et j'ai donc été faible et lâche. J'ai eu peur, j'ai eu honte, et je n'avais pas la force d'affronter ce passé si passé, nous faire croire que ça aurait pu aider, qu'on aurait pu y remédier et qu'un jour, tout aurait recommencé. Non, je n'ai pas pu te faire ce cadeau empoisonné.

Je me suis réfugiée dans ma fuite temporelle, replongeant dans cette nuit-là, cette veille-là, celle de nos adieux, juste avant ton mariage. Je me suis souvenue t'avoir haïe, à la fois avec amour et tristesse. Lorsque tu es partie le matin, joyeuse et heureuse de retrouver ton homme, je n'ai pas voulu te raccompagner jusqu'à la porte et t'ai lancé que j'avais mieux à faire, que c'était sympa de rejouer aux sœurs le temps d'un soir, et que « finalement », ta chambre et ton lit double, qui m'avaient été légués à ton départ, étaient mon plus grand réconfort. J'avais déjà bien grandi, je savais déjà bien mentir. L'abîme sororal est le meilleur des apprentissages. La solitude aussi.

Grandir seule, c'est ce que tu m'as imposé. J'ai rêvé, ce jour-là, de t'attacher à moi, te ligoter, te clouer quelque part dans cet appartement aussi vacant que sordide, et faire de toi ma sœur à tout jamais. Immobile pour la vie, tel était mon rêve, et le voilà désormais réalisé. Mon Dieu, t'aurais-je ainsi maudite ce jour-là ? Est-ce donc moi qui t'ai jetée dans ce malheur abyssal ? Moi qui l'ai souhaité et ainsi fait réalité ? Mais qui ose exaucer les déraisons d'une sœur en colère ? Qui obéit à l'absurdité de la douleur ? On est trop humain, on a trop de sentiments et d'égarements. On ne devrait jamais être écouté, ni par Dieu, ni par les cieux, oui, les petites sœurs ne devraient pas avoir la parole écoutée.

Il me semble pourtant qu'en cette veille-là, tu voulais réparer, rattraper, tu ne cessais de me questionner sur ma vie, ma danse, mes répétitions, mes copains et mes copines. Mes repas. Surtout mes repas. Comme si de rien n'était, sans savoir comment questionner, tu mêlais dans ton marasme interrogatif la question qui t'importait le plus. Tu voulais prendre soin de moi à nouveau, ton intérêt renaissait soudain, ça me faisait du bien. Pourtant je gardais cette petite rancœur au fond de ma gorge, tu sais, ce point d'intersection entre le menton et le cou qui préserve les amertumes et les fait perdurer. Ce point des aigreurs. Eh bien, j'avais mal là, tout en étant heureuse d'être un peu comme avant, près de toi. J'avais déjà orchestré ma vie de telle sorte qu'il fallait te remplacer comme si tu n'avais jamais existé, mais j'étais heureuse de te retrouver, oh oui, j'étais heureuse de t'avoir à mes côtés. Je n'avais pas de vide à combler, seul le travail et la discipline comptaient, le reste, je l'avais oublié. J'étais devenue une machine appliquée : exercice, régime, travail, acharnement, exercice. Travail. Travail. Exercice. Acharnement.

Repos. Un peu, seulement.

« Mais où sont donc passées tes belles joues ? Tes joues rose bonbon que j'aimais tant caresser ! Elles ont fondu avec le reste… » Oui, tu avais vu ce que j'étais devenue. J'avais perdu mes joues de petite fille, et manqué mon corps de femme. J'étais devenue la danseuse que je voulais être, informe, cagneuse et parfaitement réglée à défaut d'avoir ses règles. La discipline, c'est ce qui sauve les êtres qui veulent se perdre, les êtres fragiles comme moi. Alors il fallait bien que j'apprenne à me protéger de la vie.

T'ai-je déjà raconté tout ça ? Je ne sais plus. Le temps des mots est si lointain, bien que Jeanne m'ait dit que tu parlais encore très bien. Il y a des muscles aussi pour les mots ? C'est effroyable, il faut donc avoir de la force pour tout.

Je ne crois pas t'avoir parlé de notre enfance depuis cette veille-là. Je ne m'en souvenais d'ailleurs que très peu, le mariage qui a suivi m'avait forcée à l'enterrer. C'est ta régression corporelle qui a suscité en moi ces réminiscences, qui se sont emparées de ma mémoire de façon anarchique pour me rendre triste. Pour me faire comprendre et pour me faire fuir. Voilà, si tout ce chaos de notre enfance ne m'était pas revenu, j'aurais peut-être su t'approcher, te parler, t'enlacer, faire semblant et continuer comme si de rien n'était, puisque c'est ce que tout le monde fait.

Comme c'est douloureux, une enfance heureuse.

Dis, tu te serais souvenue de tout, si je t'avais raconté ? Tu te serais souvenue lorsque tu venais me chercher à chacun de mes examens, de mes spectacles, de mes auditions ? Tu te serais souvenue de nos soirées à jouer et à couper les cheveux de mes poupées ? Ça rendait folle Maman, c'est d'ailleurs pour ça qu'on le faisait. Tu te serais souvenue de ta fierté, du surnom que tu me donnais avec affection et pour me taquiner ? « Mon petit rat », mon Dieu, comme je détestais ça. Mais je me sentais grande d'avoir enfin pu susciter ta fierté. Et lorsqu'on jouait dans ce jardin isolé, celui où nous refaisions le monde à notre façon, où l'on dessinait les gens, où l'on construisait des châteaux de terre, des cabanes de branches et des piscines de boue ? C'était joyeux, c'était heureux, ça égayait mes journées d'un soleil que seules nous pouvions sentir.

Tu m'impressionnais comme une sœur, tu m'aimais comme une mère et tu me protégeais comme un père. Tu étais mon ange gardien qui annonçait la promesse éternelle de prendre soin de moi pour la vie entière. Mais « la vie entière », ce n'est pas si long lorsque l'on est enfant, c'est seulement attendre que l'enfance se termine, et laisser la vie commencer, l'autre, la rude, celle où on doit se débrouiller toute seule. J'aurais dû y être mieux préparée, on aurait dû m'épargner et préserver les quelques miettes d'enfance qu'il me restait encore. J'avais confiance en toi, tu aurais pu m'en garder un peu, de ces miettes-là.

J'ai toujours confiance, j'ai toujours foi en toi, mais pour la première fois aujourd'hui, tu m'as embarrassée. C'est, à vrai dire, ton corps, enseveli par lui-même, qui m'a repoussée, j'ai été effrayée. Quelle absurdité organique et quelle violente rapidité ! Un mois de tournée en Russie et me voilà revenue encore plus éloignée de toi que je ne l'étais déjà. Tu n'étais pas comme ça il y a un mois. Égoïste, encore une fois, je n'étais pas prête à vivre ça. Lorsque je t'ai quittée le mois dernier, nous étions dans ce même jardin, avec ce même soleil froid, ce vent d'automne encore timide, et puis nous riions encore. Nous le pouvions. Je sentais déjà la déchéance, et à défaut de l'accepter, je t'ai embrassée pour te quitter, aveuglée, comme si rien ne se passait. Maladroitement, c'est vrai, avec gêne, comme le font les gens lorsqu'ils s'embrassent solennellement pour se rassurer. Les mains des évêques, la Bible, les bijoux, les grigris, les lieux sacrés, les pierres, les foulards, la terre… le pouvoir salvateur du baiser, qui ne m'a pourtant pas soulagée ce jour-là. Ni toi, ni moi. J'ai embrassé ta main toute froide, puis le front, comme lorsque tu embrassais mes maux lorsque j'étais enfant, le fameux « baiser guérisseur » que l'on donne lorsque l'on n'a rien d'autre à donner. Mais les as-tu seulement sentis, ces deux baisers-là ? Aujourd'hui, je veux savoir si mes deux petits baisers d'adieu, que tes muscles n'ont pas le besoin de sentir, ont touché ton cœur et tes souvenirs. Il me semble que tu m'as fait ton joli sourire, le doux, celui que j'aime tant parce qu'il est franc et tendre. Tu étais si belle, pourquoi n'ai-je pas encore réalisé à quel point je te perdais ? À quel point tu te perdais ? Ton corps avait déjà pris cinquante ans, mais ton visage rayonnait encore de tout son éclat. Aujourd'hui plus que l'autre fois. Tu dors beaucoup ? Tu t'hydrates ? Tu ne fumes plus ? Je ne devrais pas questionner l'évidence, j'en suis gênée à l'instant même où j'y pense. Fumer nécessite bien trop d'efforts, de muscles, de force. Fumer est un luxe que tu n'as déjà plus.

Je suis encore plus gênée depuis que j'ai commencé à t'écrire. Pourquoi je t'écris tout ça ? Pourquoi aujourd'hui ? Je ne sais pas. Si je le savais, je ne l'aurais sûrement pas fait.

Peut-être que j'ai besoin de dire les choses sans parler, de m'écouter sans être écoutée. De voir mes mots et ma douleur, de voir ce que je n'ai pas su voir et qui pourtant était bien là, en moi. Et toi, m'as-tu vue aujourd'hui, ma sœur ? M'as-tu seulement aperçue ? Tu souriais, encore et toujours, il me semble que c'était pour ne pas me regarder.

T'écrire me permet de te parler sans te toucher, t'ébranler sans te blesser. Je n'ai pas de courage, j'ai préféré fuir et te parler en secret, pour que tu ne puisses ni m'entendre ni me subir. Je crois que l'écriture a le pouvoir d'alléger les peines tout en consolant les cœurs. Cette fois, ce n'est pas toi qui auras à éprouver cette tâche.

C'est terrible comme tous ces souvenirs me donnent des pulsions juvéniles, des envies d'autrefois. J'ai envie de courir comme avant avec toi et dévaler les escaliers à toute vitesse, parce que l'ascenseur, « c'est pour les vieux ». Que tu imites grossièrement mes mouvements classiques en les singeant, parce que « la danse, ce n'est que pour les enfants ». Que tu voles mes chaussons de poupée, que tu les enfiles comme des gants en me disant que personne ne chausse de si petits pieds. Oui, j'aimerais tant que tu te moques, que je me vexe, que l'on se dispute et se réconcilie au même moment comme on a toujours su le faire sans que personne ne nous l'apprenne. Que tu me dises qu'il faut plus grandir, plus mûrir et qu'il faut changer de passe-temps. Et que j'ose enfin te répondre que la danse, c'est tout sauf une histoire d'enfant. La douleur, ce n'est jamais une histoire d'enfant. Oui, aujourd'hui, j'aurais osé, et tu m'aurais peut-être épargnée en me disant enfin d'arrêter. Je l'aurais fait si tu m'y avais aidée. Je t'aurais obéi si tu m'y avais autorisée. Mais je suis devenue silencieuse à mesure que tu t'es éloignée. Ce silence qui nous a préservées, ce silence qui nous a empêchées de nous confronter et aujourd'hui encore, il nous a négligées. Peut-être parce que je ne suis pas venue te dire tout ça, non, tu vois, aujourd'hui, j'ai été sage à ton image. J'étais d'ailleurs si calme et silencieuse, perdue dans ta chambre, dans le salon, dans l'entrée, que Jeanne m'a apporté trois fois un verre d'eau en pensant que j'allais m'effondrer. Si seulement elle savait que je m'étais déjà effondrée bien avant d'entrer, et peut-être même tout aussi violemment que toi. L'effondrement, je le vis chaque jour, à chaque instant. S'effondrer et rester sur pied, tu imagines un peu la violence et l'agonie intérieure ? Bien sûr que tu imagines, tu la subis, toi, cette agonie, à chaque instant et à chaque pulsation qui rythme ton corps. Jeanne me l'a dit tout à l'heure, tes insomnies causées par les battements de ton cœur, ce qui te maintient en vie t'épuise, et aussi grotesque que cela puisse paraître, le cœur est le seul organe qui semble être condamné à battre pour toujours, malgré tout, coûte que coûte. Tu resteras en vie tant qu'il voudra battre, tant qu'il y aura des pulsations, froides et insipides, tandis que ton corps, l'anarchique, l'insolent, lui, il sera déjà mort.

Bom. Bom. Bom-bom. Bom. Les battements de ton isolement. Bom. Bom. Les battements de ton châtiment.

Jusqu'à quand un cœur peut-il se mouvoir si son corps n'est plus ? Comment continuer à vivre lorsque la vie n'y est plus ? Un corps mort qui bat toujours, est-ce un corps encore en vie ? Et puis, il faudra bien respirer, comment le pourras-tu encore ? Jusqu'à quand ? Je ne connais que si peu de choses sur toute cette diablerie, j'en ai honte. Honte d'avoir si peur, d'être lâche et si ignorante. Je questionne souvent Jeanne, qui n'a pas l'air d'en savoir beaucoup plus, mais ça me va, car je ne veux pas trop en savoir. Je ne veux pas trop de concret, pas trop de réalité, tu le sais. J'aime la fuite, moi, j'aime le vague et l'indéfini. Lorsque l'on me pose des questions sur toi et sur ce que tu as, je fuis, encore une fois, j'ignore et surtout je méprise la fascination que tu suscites chez « les autres ». Oui, ce que tu vis fascine, il fait de toi une sorte de bête de foire, une énergumène qui impose à la fois le silence, l'indélicatesse, la pitié et l'impudence des gens. « La pauvre », disent-ils avec complaisance. Je les déteste encore plus, ces autres. Alors je reste muette d'effroi, tout en ignorant moi-même ce qui t'arrive, et ce qui va t'arriver. Muette, oui, c'est ce que je sais le mieux faire. Et c'est peut-être pour ça, après tout, que j'ai voulu t'écrire en rentrant, muette, silencieuse, et pourtant je te parle. Là. Le pouvoir des mots écrits, c'est pouvoir être silencieux mais être capable de dire à la fois.

J'ai ouvert des sites, beaucoup de sites, pour enfin trouver des informations sur ta « maladie » qui n'en est pas vraiment une. Ta dégénérescence, ta dégradation, ta décrépitude, c'est ça les vrais mots que l'on devrait employer pour qualifier ton état. On peut se battre contre une maladie, on a l'espoir, on a les armes. Toi tu n'as rien de tout ça, la maladie, c'est toi, ton propre corps, or on ne se bat pas contre soi, contre ce qui nous fait être. On ne peut que se laisser faire et abdiquer.

Je n'ai pas réussi à tout lire, je n'ai finalement pas voulu. Je veux continuer de penser à toi avec espoir, parler au futur et me dire que tout n'est pas perdu. Je veux pouvoir continuer à te parler, encore, te dire tout ce que je ne t'ai pas dit et tout ce que je ne t'ai pas montré. Ces sites sont trop infâmes de vérité, ils ne devraient pas exister. Je ne réalise pas ma vie sans toi, et je ne veux pas le réaliser. Lorsque j'essaye, un trou noir se crée dans mon esprit, comme un vide, une impossibilité à penser. Je ne suis pas assez créative pour imaginer l'inimaginable.

À qui vais-je vouloir ressembler à présent ? Toi qui excellais à briller partout, je n'ai jamais eu d'autre choix que de suivre tes pas. Toi qui savais être libre et absolue. Toi qui étais « cette fille pleine de vie », comme on entendait partout le dire. Oui, pleine de vies, capable d'en donner et redonner aux autres tant elle en a en soi, de la vie. Une fille pleine, une fille qui déborde et qui donne. C'est ce qui s'est produit, tes plusieurs vies faisaient de toi ma sœur, ma mère, mon père, et tout le reste.

Je n'étais pas jalouse de toi, j'étais fière d'être dans toutes tes vies.

Je me souviens du jour où tu as annoncé que tu étais désormais avocate, j'en ai pleuré de rage. Tu allais donc à présent défendre aussi le reste du monde ? Encore ? Fallait-il que je reste faible à tout jamais pour te garder seulement pour moi ?

Tu es devenue avocate peu de temps avant ton départ et je crois avoir associé ce métier à ma perte. Tu commençais déjà à te montrer froide et indifférente, presque abstraite à mes yeux. J'imagine que les avocats sont de nature détachée, je ne sais pas, un avocat émotif, ça doit faire mauvais genre… Je ne sais pas, je ne sais rien non plus de ce monde-là, tous tes mondes m'ont toujours été inconnus et mystérieux. Je les ai trop respectés, trop détestés, ce que je sais, c'est que tu es partie radicalement, sèchement, sans me laisser l'espérance d'un retour. Tu es partie irrévocablement, tel un juge qui ordonne sa sentence, et les mois qui suivirent ton départ furent particulièrement remplis. Remplis de vide et de ton absence. Partout, je ne te voyais plus. En permanence, je ne t'entendais plus. Ton odeur, elle, subsistait. Car s'il y a odeur, si l'on sent, c'est qu'il y a une absence. L'odeur est la dernière chose qu'il reste d'un être lorsqu'il s'en va et part en fumée. Ton savon vanillé mélangé à ton parfum rendait l'air lourd et nauséabond. Oui, je détestais te respirer sans te voir, te humer et sentir que tu n'étais plus là.

Étrangement, lorsque je te vois à présent, je ne sens plus rien. As-tu gardé ce même parfum ? Je ne me suis posé la question qu'aujourd'hui. Jeanne doit bien te parfumer, mais à quel arôme ? Elle n'a pas dû bien choisir. Quel goût as-tu désormais, ma sœur ?

J'ai toujours connu ton goût par cœur, moi qui vivais au milieu de tes foulards aux différents arômes de fleurs.

Avec le temps, j'ai essayé de m'en détacher, de ne plus m'y attacher. Puis les mois ont passé, la tristesse, la rage et enfin le deuil. Je les ai tous jetés. J'avais enfin avancé.

Comme je te l'ai déjà écrit, je me suis banalement réfugiée dans la danse, encore plus vif, encore plus fort. Schéma classique de la fille perdue, vide et en mal de vivre qui se sauve en se détruisant. La fille qui chamboule tout, sans le savoir, sans même le vouloir. Mais danser n'est pas suffisant, l'art-thérapie a ses limites. Au début, on guérit de ses premiers maux, et puis, comme vidée, on s'en crée d'autres. Créer, recréer, construire, reconstruire, le tout est d'être dans la création, le reste n'importe plus car, de toute façon, il ne reste rien à la fin. Si. La douleur uniquement, celle qu'on confond avec la réussite, celle qui devient à la fois outil de travail et détail. À force d'avoir mal, on n'a plus mal. La souffrance devient un état permanent, alors il n'y en a plus véritablement.

C'est durant cette période que j'ai perdu mes règles. Je les attendais, parfois, effrayée, car perdre cette vulnérabilité féminine, c'était gagner en force et en virilité. C'était pouvoir progressivement atteindre cette perfection devenue obsessionnelle, cette pure perfection addictive aussi destructrice que jubilatoire. Lorsque mes règles m'ont désertée, j'étais heureuse, oui, je l'admets. Je perdais enfin ce poids de femme qui embarrassait et handicapait mon corps lorsque je dansais. Soudain je me suis sentie plus libre, plus grande, et j'ai pleinement joui de cette perte qui n'en était, en fait, pas une pour moi. La danse était devenue mon dépassement, un au-delà du charnel. Je m'étais transformée en un corps vide et désinvesti de son être pour atteindre un au-delà imaginaire, celui dans lequel tu te trouves peut-être aujourd'hui, celui qui est loin de toi et qui pourtant est bien là.

Ces règles inexistantes sont devenues l'assurance de ma rigueur, de mon mérite. Oui, j'avais accédé à un autre grade, une supériorité que les autres n'avaient pas atteint. Je me suis alors inventé une pudeur que je n'avais pas pour justifier mon silence, épouvantée à l'idée que tu comprennes, toi qui étais si fière de la femme que je commençais à être. Ou que j'aurais pu être. Je te montrais une hargne et une dévotion mensongère pour te tromper et te rassurer.

Toi, pourtant, tu aurais su m'apaiser, je le sais. Tu m'aurais emmenée prendre une glace menthe chocolat chez le glacier de la rue d'à côté, et tu m'aurais dit, comme tu me l'as un jour dit : « Écoute ton corps, prends-en soin, car c'est ton plus fidèle compagnon. Il te suivra partout et sera là du début et jusqu'au bout. » Ah oui ? Vraiment ?

Et toi, ma belle, où est-il donc, ton plus fidèle compagnon ?

Un corps n'est rien, je l'ai bien vu ce matin.

Ton corps éteint face à mon corps souverain, quelle absurdité de la vie, quel néant nous sépare à présent.

Mais c'est ce même néant qui me donne comme une envie pressante, une pulsion de confession et de pardon. Comme si j'avais besoin de me repentir avant de te voir repartir, encore. Tu n'as fait que partir, et moi je t'ai laissée, sans jamais parler.

Si je t'écris, c'est aussi ma façon de te répondre. Car, oui, en partant, Jeanne m'a donné des notes que tu as récemment rédigées, lorsque tu le pouvais et que tes mains te le permettaient. Cela fait déjà quelques mois, personne ne le sait vraiment sauf elle, et il lui a semblé juste de me les transmettre. Elle m'a aussi confié qu'à présent tu les lui dictais. Faute de mains, c'est elle qui a repris les tiennes.

Sais-tu que je t'ai lue ? Que je te lirai ? Probablement pas, sinon tu n'écrirais pas.

J'ai l'impression d'être sournoise et de te trahir, comme une vraie petite sœur indiscrète, et pourtant, si tu écris, c'est que toi aussi tu as eu besoin de dire, de parler pour encore exister. Comme c'est si bon de te parler, encore, et de t'écouter, toujours.

Ce qui manque à mon fils, c'est une mère. Une mère est toujours en bonne santé. Une mère, c'est fort, une mère soutient, une mère porte. Je ne suis plus rien de tout ça, je n'ai de maternel que le titre, l'appellation flatteuse dont j'avais tant rêvé et qui, désormais, m'est inappropriée.

La seule chose que je peux encore faire, c'est le recevoir sur mes genoux, et me laisser chevaucher tel un cheval handicapé. Voilà à quoi sert Maman, de reposoir. Depuis que je suis prisonnière en moi-même, depuis que je suis encagée, je n'ai plus aucune emprise sur rien, comme si le contrôle de la vie ne se réduisait qu'au toucher. Mais c'est vrai. Je ne peux plus rien prendre, plus rien attraper. Tout m'échappe. Mon corps m'a condamnée à une claustration lente et progressive de moi-même... en moi-même. Une matriochka. Une poupée qui ne peut se mouvoir que lorsqu'elle est actionnée par d'autres, une poupée en totale soumission, une poupée qui rétrécit, encore et encore. On me prend, on me dépose, on me coiffe, on me fait la toilette, on me donne à manger, on m'assiste. Évidemment, Elie ne comprend pas, il pense que Maman se transforme en poupée parce qu'elle est fatiguée, qu'elle se démembre parce que son corps est trop lourd, et qu'un bras ou une jambe aussi longue est bien trop envahissant pour une poupée aussi fragile que Maman. C'est vrai, lorsqu'on y pense, tout est trop long, je me contenterais bien de la moitié, du quart même, tiens, je pourrais même encore vivre normalement avec le quart de la moitié ! On réduit ses besoins à mesure qu'on les perd. Ce dont j'ai besoin, c'est d'un quart de bras.

Mais non. Rien. Il ne me reste presque plus rien, au diable le corps ! Après tout, il y a encore tout le reste. Je me convaincs. J'y crois presque. Ce reste-là, ce reste ailleurs, qui lui m'appartient encore et pour toujours. Aller voir ailleurs, si la vie y est, encore.

Aller voir l'amour, la musique, l'amitié. Aller rêver, s'évader. Aller voir grandir mon fils Elie et continuer d'aimer mon bel Alexandre. Aller voir la vie, la vraie, qu'est-ce qu'un corps après tout ?

J'ai l'impression de vivre cette phrase abstraite que je n'avais jamais comprise auparavant, parlant du corps comme du tombeau de l'âme. Platon avait raison, l'avait-il seulement vécu ? Plus vraie que jamais, à mesure que je m'en détache, je me sens de plus en plus libre et affranchie de lui. Plus il m'emprisonne, plus je m'en libère. Comme le corps est lourd, et comme l'esprit est léger. Je crois d'ailleurs mieux ressentir sans lui le sens des choses, des mots et surtout des sensations. Je comprends enfin ce que porter, comporter et supporter signifient. Je comprends les petits détails, auxquels je ne prêtais aucune attention, les odeurs, les lumières, les couleurs. Je comprends que tout a un sens, je comprends que tout est important. Tout, surtout ces petits détails sans importance. Il m'aura donc fallu attendre de devenir une spectatrice pour vraiment voir la vie. Assise, je vois tout, légère et libre, j'ai l'impression de vivre une autre vie, celle dont j'aurais dû m'inspirer, celle que j'aurais dû vivre. Comme nous pouvons parfois être lourds à nous-mêmes !

Aujourd'hui, j'ai deux vies, deux corps et deux esprits. À la fois imbriqués et opposés, je suis enterrée dans un entre-deux conflictuel permanent qui me permet de voir toutes ces choses que je ne voyais pas avant. J'avais un corps, c'est vrai, mais je ne voyais pas.

Ma nouvelle vie est insensible, filandreusement enchevêtrée à celle d'un oiseau libre. Oui, je me sens oiseau, c'est ce que je réponds à mon corps désormais ensommeillé, car mon esprit, lui, reste encore vif et plus assoiffé que jamais. Le souvenir des choses, des petits détails que je ne remarquais pas, maintenant je sais les ressentir, à défaut de pouvoir les sentir. Le souvenir de ce que l'on perd, tout me manque, mais il reste encore les sensations du passé. Réchauffer les mains toujours froides d'Alexandre, plonger les miennes dans les cheveux d'Elie, le coiffer chaque matin, essayer toute mon armoire avant de choisir comment m'habiller. Tapoter sur la table, ronger mes ongles lorsque je m'ennuie, faire des dessins sur le canapé en velours, faire du bruit sur le parquet. J'ai toujours aimé tout tripoter, farfouiller, tapoter, clapoter, faire du bruit sans parler. J'aimais gribouiller pendant que je parlais, j'aimais toucher les œuvres au musée et me faire engueuler. J'aimais entortiller mes cheveux, j'aimais marcher sans but, sautiller et virevolter, j'aimais aller au gré de mon humeur de la journée, mais surtout, j'aimais pouvoir m'isoler, sans avoir à le demander. Le quéman-

der. Avoir le choix de me déplacer sans raison, de me perdre comme je l'entends, de me diriger vers l'inconnu, sans l'aide de personne. On ne peut jamais vraiment bien se perdre si l'on n'est pas seul. Et puis ne plus voir ce que je ne veux plus regarder, ne plus fermer les yeux pour signifier qu'il faut arrêter, lorsqu'il faut me déplacer, car j'ai épuisé toutes les ressources qu'un regard peut fixer. Combien de temps peut-on observer un point sans se mettre à le détester ?

Hier, sans raison, j'ai demandé à Jeanne de me décaler ailleurs dans le jardin. Le soleil s'était déplacé, un nuage me gênait, j'ai eu un frisson, puis des oiseaux ont attiré mon attention, j'avais envie de leur parler... bref, j'ai commencé à me justifier. Puis je me suis arrêtée. Affectée, révoltée, il me semble que j'ai encore le droit d'être libre de moi. Elle a compris, elle peut parfois être subtile, et elle m'a prise pour me poser à l'endroit demandé, l'endroit qui m'attirait sans autre raison que d'être « l'endroit que je voulais ».

Une liberté conditionnelle, je suis peut-être libre de moi-même, mais je suis bel et bien soumise à l'Autre. Étrange paradoxe, mon isolement passe par celui de ne plus pouvoir être seule. Le comble. La solitude se ressent à la vue des autres, ces autres qui sont là sans savoir pourquoi, là parce qu'il le faut, là parce qu'il en faut. On me porte, on m'assiste, on m'infantilise.

Les autres sont devenus mes substituts, ils font et me font ce que je n'arrive plus à faire. Mais moi, j'aimais le faire !

Je ne peux plus m'habiller, ni me maquiller. Ce n'est plus moi qui me lave ni me coiffe le matin. Je n'ai plus ce petit plaisir que j'avais de manger avec les mains, mettre les doigts dans le pot de chocolat, piquer les tomates de la salade avant qu'elle ne soit servie. Je ne peux plus éplucher une clémentine, retirer chaque fil de chaque quartier, en prenant bien le temps d'enlever sa peau voilée avant de la déguster. Je ne peux plus décortiquer les noix, ni les amandes, même si personne ne fait vraiment ça. Je ne peux pas non plus avoir la jouissance d'agacer les gens, avec mes tics et mes tocs car, à présent, tout m'est permis, tout m'est admis, tout est facile puisque je ne peux presque plus rien faire. Mais rien n'est vraiment pareil si ce n'est pas moi qui le fais. Je ne peux plus me gratter le coude, alors que c'est si bon. Et puis aussi le haut du dos, et les boutons de moustique. Ce n'est pas bien de gratter, oui, mais c'est si bon lorsque c'est fait en secret. Tripoter mes clefs avant d'entrer pour signaler mon arrivée, ou agiter mes bracelets qu'Elie adorait. Je ne les mets plus, immobiles comme mon poignet, ils m'agacent car ils ne parlent plus. Je ne me ronge plus les ongles et ne m'arrache plus les peaux, mes doigts sont devenus ridiculement doux, et mes ongles indécemment longs. Jeanne me met du vernis, qui ne s'en va pas, jamais, puisque je n'utilise pas mes doigts. Je ne fume plus non plus, trop laborieux, trop coûteux pour Jeanne qui n'a jamais fumé. Mais ce que j'aimais le plus dans la cigarette, c'était le geste. Alexandre aura donc fini par gagner, j'ai ainsi laissé tomber puisque « ça ne ferait qu'empirer ». Injuste bataille, j'ai rendu les armes sans m'être battue. La cigarette tue le corps, mon corps me tue, au point où j'en suis, j'aurais bien pu m'en fumer une ou deux. J'aimerais juste en allumer une, ne pas la fumer, mais entendre le bruit du briquet qui précède celui de la fumée et celui du papier crépiter. Oui, voilà, c'est ça, c'est le geste et le bruit que j'aimais véritablement. Tous ces détails qui étaient ma vie et ces petits riens qui étaient mon tout. Jouer avec mon fils Elie, le chatouiller, le porter, le border. Claquer la porte, l'ouvrir sans frapper. Raccrocher au nez de ma mère, appeler ma sœur en pleine nuit pendant une insomnie, écrire des messages à Alexandre alors qu'il est à côté dans le même lit. Me masturber d'ennui, faire une fellation à mon mari, monter sur lui, lui faire l'amour, savoir encore donner, ne serait-ce qu'une caresse ou un baiser sans avoir à être aidée. Car, oui, ma vie est réduite à une assistance continue, un accompagnement intrusif permanent devenu indispensable à ma survie. Nous sommes désormais deux, à la fois isolées et entourées du monde : la maladie et moi. On se bouffe mutuellement, qui devancera l'autre : le corps ou la vie ? Une course à l'annexion, au mouvement, où chaque geste perdu est remplacé par un nouveau. Des mouvements jusqu'alors inconnus prennent forme, je m'invente de nouvelles fonctionnalités, je me réinvente au fur et à mesure que je me perds simultanément. Je suis une marionnette à qui l'on coupe chaque jour un nouveau fil, qui m'empêche un peu plus de me mouvoir, mais pas encore de vivre. C'est presque inouï de voir que la vie nous oriente et nous emmène sur des champs inconnus et déserts où il faut se recréer soi-même, et trouver du possible. D'autres possibles.

Soit. Je le ferai tant qu'il faudra le faire. Depuis que mes jours sont comptés, j'ai enfin compris que la valeur de la vie ne se mesure pas à son nombre d'années, et je jouerai avec elle tant qu'il me restera encore des cartes à jouer.

(...)

Aujourd'hui, Mathilde est passée me voir. Elle m'a apporté des fleurs, évidemment, comme il est de coutume lorsque l'on visite un malade ou un mourant. Moi je suis assise là, et j'attends. Voilà ce qui me vaut tous ces cadeaux. J'attends que les gens passent, que les gens m'apportent ce qui leur fait plaisir, que les gens me réconfortent en se réconfortant eux-mêmes. Et puis je les écoute me raconter des banalités, des platitudes, de l'ennui pour masquer leur tristesse. Sont-ils seulement tristes pour moi ? Vraiment ? En tout cas, ma chambre est bien fleurie, j'ai déjà l'impression d'assister à mon propre enterrement.

En attendant, je ne fais que recevoir. De l'aide, de l'attention, de l'assistance. Des faux sourires, des sourires tristes, des sourires nostalgiques, des réprimés, des forcés et beaucoup de sourires muets. Je ne sais plus à quoi ressemble un vrai sourire, bien que je ne sois plus très sûre de ce que ça veut bien dire. Mais après tout, c'est normal, qui arriverait à sourire à une morte vivante ? Une vivante déjà morte ? Plus je diminue, plus je prends de la place. Je suis au centre de tous les regards et de toutes les inquiétudes, sans trop savoir si ça me rend plus heureuse ou non. Je n'ai pas le choix en fait, ça fait partie du package : subir la maladie et ce que les gens s'en imaginent. Bref, je suis sur la sellette, à la fois en position centrale et marginale, mais je reste immobile. Du coup, tour à tour, chacun se relaie, comme s'il fallait veiller, ou me surveiller. Chacun tente de faire au mieux, de me « remonter » comme on dit, alors qu'il n'y a plus grand-chose à remonter. Ni la carcasse, ni le moral. Moi j'aimerais qu'on arrête de tenter, qu'on arrête de prétendre et qu'on me donne du vrai, du pur, du franc.

Il n'y a qu'avec Alexandre et Elie que je suis plus tolérante, avec qui j'accepte, mais surtout avec qui j'aime être. Mes deux amours, mes deux vies. Ils ont l'affection mesurée, les mots pensés, les gestes accordés. Ils n'ont pas tant changé pour moi, surtout Elie, mais c'est parce qu'il ne le peut pas. L'enfance a cette magie qui préserve des simulacres. L'enfance ne porte pas de masque. Ils me donnent la force de rêver et d'imaginer que moi non plus, je n'ai pas vraiment changé.

Mais, mon Dieu, comme j'ai changé. Au-delà de mes muscles décomposés, de mes jambes liquéfiées, de mes bras fondus, de mon visage boursouflé, de mes doigts arqués tels des morceaux d'acier... je crois bien que même l'intérieur aussi s'est altéré. Comme si l'extérieur avait corrompu l'intérieur, comme si le venin s'était propagé sans pitié et m'avait pris même les restes encore entiers.

Je suis devenue plus calme, plus docile, je suis devenue moins nerveuse et, pour sûr, moins joyeuse. Moins capricieuse aussi, mes envies se sont amoindries, mes folies aussi. Je me contente de ce qu'il y a, et j'essaye d'apprécier chaque instant que je peux encore sentir et ressentir. Je suis plus chaleureuse et, comme tous ceux qui n'ont pas le choix, je me dois de ne jamais être triste, parce que finalement, ce n'est pas moi qui me perdrais et qui aurais à me pleurer. Ce n'est pas moi qui devra subir la douleur de ma mort. Je dois rester forte pour les autres, ce qui est d'ailleurs un peu ironique. Je suis presque mal de leur faire du mal, déjà, de leur infliger ma perte avant qu'ils soient prêts. C'est dur de prendre conscience de tout le mal que l'on va causer aux gens, fatalement, sans pouvoir rien y faire. Alors je me dois de les aimer encore plus, encore mieux, encore plus fort. Pourquoi maintenant ? C'est vrai. Pourquoi aimer, se le montrer, et se laisser être aimé si tardivement ? Pourquoi seulement fallait-il attendre d'être muselée ? Pourquoi ce n'est qu'à la fin que tout commence ? Je ne sais pas, l'instinct de survie, le temps qui presse, la fin qui approche et que l'on sent venir. Vite. Vite, aimons-nous vite, aimons-nous ce qu'on n'a pas pu s'aimer avant ! Aimons-nous pour tout ce temps qui ne nous a pas été donné et que l'on ne pourra jamais rattraper !

Ce temps qui presse et oppresse, voilà la vraie tragédie dans tout ça.

Hier matin, lorsque Alexandre faisait ma toilette, je lui ai dit que j'étais devenue une « femme publique ». Il a ri. Dieu merci, je n'ai pas encore perdu mon humour, il m'appartient encore, lui. Je suis devenue plus légère, à mesure que je m'allège, et chaque jour qui passe, je me redécouvre, et puis je le découvre aussi, mon chéri, avec ce nouveau Moi que je n'étais pas. Quel courage ! Quel homme ! Et quelle force il a. Je n'ai donc plus besoin de la mienne. À présent, il est mes bras et mes jambes, il est ma force et ma volonté. Curieusement, c'est lui qui prend ma fourchette et me donne avec amour chaque bouchée que j'avais l'habitude de lui donner. Comme j'aimais le nourrir. Il ne laisse jamais Jeanne s'en occuper. C'était pourtant moi la mère nourricière avant, c'est moi qui tenais à ce titre, ce grade, cette fonction que j'aimais tant. « Tu dois prendre des forces », m'a-t-il lancé avec un sourire malicieusement bienveillant. C'était moi, cette phrase ! Je n'ai pas souri. Je n'ai pas pu. Et puis, de toute façon, je n'ai pas voulu. « Je te préviens chéri, je recrache tout si je n'aime pas. » Oui, tout m'est permis, les rôles s'inversent par défaut, ça en devient comique qu'enfin on puisse en rire. Elie aussi rit beaucoup, il voit Maman jouer à la petite fille, à la petite sœur. Il a compris que Maman avait perdu un grade, qu'elle avait régressé et que Maman était passée de mère à sœur. En attendant d'en avoir une ou deux pour Noël, « ça me convient », nous a-t-il assuré.

Elie voit tout, mais ne dit rien.

Oh, mais il ne verra pas plus loin. Non, il n'en saura rien, il y a des limites à l'indécence, et je ne lui ferai pas l'affront de lui infliger une mère grabataire et légumière.

Je le regarde me contempler avec amour et admiration. Encore. Et il n'est pas question que son regard se baisse, qu'il perde ses étincelles et que je tombe en déchéance. Non, il ne le permettra pas, et moi non plus. Il est déjà si doux et si bon. Il pense désormais que mon fauteuil roulant est une prolongation de mes jambes, conçu pour que lui aussi puisse faire partie de moi, que l'on s'unisse contre son père et que l'on puisse vivre ensemble pour la vie.

« Contre ». Oui, c'est bien contre son père qu'il se réfugiera quand je ne serai plus là. Mais ça, il ne le sait toujours pas. « Maman, plus vite, Papa nous rattrape, il veut nous séparer et t'arracher à moi ! Il en veut à notre amour, enfuyons-nous, loin, loin, loin ! » Il se rit de tout et n'a peur de rien. Ce petit sera sûrement écrivain. Il écrira l'histoire d'une Maman qui n'a pas voulu quitter

Papa pour lui. Il écrira pourquoi Maman n'a pas pu choisir et s'est enfuie toute seule. « Loin, loin, loin. » Qu'elle n'était plus heureuse, car la vie choisit parfois des gens au hasard, décide de ne plus les rendre heureux, et les abandonne là, juste comme ça.

Il écrira aussi des lettres d'amour à sa tante, sa belle et gracieuse tante, devenue déjà danseuse étoile. Son étoile. Celle qui brille sur scène et illumine toutes les âmes éteintes sur son passage. Il sera amoureux d'elle, parce qu'elle est belle comme un cœur, qu'elle est fragile comme une fleur et puissante comme un cœur de fleur. Il veillera à ce qu'elle ne manque pas de mots, et soignera ses maux. Oui, il prendra soin d'elle, parce qu'il le faudra. Mon Aurore petite, j'ai parfois honte de lui montrer ce que je deviens. La maladie n'est rien pour moi, je peux tout voir. Mais ce n'est pas responsable de voir sa grande sœur comme ça, de voir la démolition, la chute. Je dois donc rester forte et digne, pour mon fils, pour Alexandre, et pour ma petite sœur. Pour le reste, on me le pardonnera. On n'aura pas le choix.

J'aime penser à tout ça, j'aime penser tout simplement. Depuis que je me sens isolée, à mesure que la mort se fait claire et distincte, je redécouvre l'humanité. J'ai l'impression de la sentir et d'y goûter chaque jour. Tout ce monde, toute cette attention, toute cette vie autour de moi, c'est à en faire pâlir la mort, la faire fuir ! Je ne vais donc pas mourir vieille et abandonnée comme je l'avais imaginé. Je serai encore jeune, belle et entourée. J'aime cette mort qui m'est destinée. Je m'éteindrai entourée d'amour, de gens que j'aime, sans connaître la souffrance de les perdre avant moi. Je n'aurai jamais à subir de perte ni à m'endeuiller. Je mourrai telle une enfant dépendante de sa maman et dans les bras de son prince charmant. Il y aura tout le monde pour me pleurer, et chacun parlera de moi comme d'une jeune femme encore belle et séduisante, et non comme d'une vieille gâteuse aliénée. Il n'y aura que de la jeunesse à mon enterrement, et aucun n'aura ce tourment d'être le prochain. Il y aura du monde, puisque j'aurai encore tous les miens.

Une belle mort réussie. J'ai presque hâte.

Je lis tes mots, désormais écrits dans le carnet que je t'ai offert il y a cinq ans pour ton anniversaire. Tu n'y écrivais jamais, je le sais, et pourtant tu as toujours aimé les carnets. Tu as aussi toujours aimé les mots, et les sonorités. Tu savais les manier, ces mots qui t'ont toujours obéi et que tu n'as jamais voulu définir. Tu parlais avec justesse et précision. Finalement, tu parlais comme on vit. Tu affirmais qu'écrire les mots, c'était les enfermer. Moi, je n'ai jamais su parler, les mots m'ont toujours effrayée, alors j'ai beaucoup écrit, comme je le fais aujourd'hui. Les mots écrits ont cette capacité de rassurer, puisqu'il y a toujours la possibilité de les modifier, de les manier et remanier jusqu'à même les supprimer ! J'aurais si peur de te parler, te dire des mots et ne plus pouvoir les retirer. J'aurais peur de te blesser, encore plus, déjà, que ce que tu n'es.

Fallait-il donc que la machine ne fonctionne plus pour que tu fasses enfin jaillir les mots de ta main ? Fallait-il perdre la faculté d'agir pour vouloir le faire écrire ? Faut-il savoir qu'on meurt pour vouloir vivre ?

Les fins sont toujours des moteurs de commencement.

Tu ne parles plus comme avant, tes mots sont plus éteints, ta voix se fait plus tremblante. Tu respires fort, comme si tu vivais trop fort. Tu étouffes de toi-même. Pourtant, tes mots, eux, respirent de clarté, de vivacité, et lorsque je te lis, je vis comme une germination, un bourgeonnement, une éclosion. Une claque de vie salutaire qui ranime de l'entre-soi totalitaire et impose le vrai. Je te croyais malade, je te croyais mourante, mais non, tu es bel et bien la plus clairvoyante. Je te croyais souffrante, je te croyais condamnée, mais non, tu es bel et bien la plus vivante.

Je me souviens encore de ce soir maudit où, subrepticement, l'enfer s'est invité dans ta vie. Dans nos vies. Nous ne le savions pas encore, mais déjà tu étais condamnée. Je me souviens de ce dîner interminable chez Papa et Maman, où notre unique sujet de conversation était Elie, de peur de parler de la vraie vie. Maman avait cuisiné et, pour une fois, ce n'était pas si mauvais. Elle ne mangeait rien, comme toujours, et voulait absolument nous faire un défilé de ses achats de la journée, tandis que Papa était ailleurs, laissant les femmes s'agiter de leur côté. Tu étalais les photos de classe d'Elie sur la table, Alexandre s'émerveillait devant chacune d'elles comme s'il venait de les découvrir, et moi je cherchais désespérément à m'échapper de tout ça. Tu le sais, j'ai toujours eu en horreur ces dimanches familiaux aussi dissonants que faux. La famille est un devoir, sans doute, mais je n'ai jamais su bien le remplir.

Une fois les photos vues et revues, tu t'es levée pour remplir la carafe d'eau à la cuisine, et tu as soudain gémi, comme une enfant qui perd pied dans l'eau, qui tombe, qui se noie. Tu te noyais, oui. J'avais ri tant ton cri était aigu, et je te trouvais bonne actrice, c'est vrai, après tout, quitte à attirer l'attention, autant le faire haut et fort. Saisie par une crampe au genou, tu t'es jetée sur le canapé « le temps que ça passe », et lorsque ça s'est terminé, tu m'as assuré que c'était la première fois que tu ressentais une douleur aussi forte. « C'est le changement de saison ! » t'a lancé Alexandre. « Ce n'est rien », a dit Maman. Et moi, fière de pouvoir te faire la leçon, je t'ai expliqué qu'il fallait faire attention à mieux s'étirer après tes exercices physiques, faire plus attention aux positions, et j'ai continué à te sermonner sur ta façon de manger. Tu n'avais pas l'air inquiète, simplement ennuyée, mais lorsque c'est survenu une semaine plus tard, deux fois, puis trois, tu t'es enfin décidée à consulter. Alexandre te disait encore : « C'est dans ta tête, c'est parce que tu te surmènes », Maman clamait que tu t'écoutais trop, et moi je continuais à te blâmer que tu ne m'écoutais pas assez, te montrant, d'un air exaspéré, comment s'échauffer et s'étirer correctement. J'étais si fière de pouvoir à mon tour jouer à la grande sœur, et de te voir vulnérable comme je ne l'avais jamais vu jusqu'à présent. C'était comme un moment de gloire volé à notre enfance. Tu m'écoutais enfin avec attention, puisque je m'étais octroyé le monopole du corps, celui qui souffre et travaille sans relâche, le mutilé, le dénaturé, celui qui n'avait pour moi déjà plus de secrets. Alors, c'est vrai, je l'admets, je me suis moquée de tes douleurs, elles me semblaient insignifiantes et dérisoires comparées aux miennes. La souffrante, c'était moi. « Des crampes, des fourmillements, des engourdissements, des douleurs, des saignements, j'en ai tous les jours moi, et je ne suis pas morte ! » Pourquoi donc t'ai-je parlé comme ça ? Tu ne t'étais même pas plainte que je t'accusais déjà. Je ne voulais pas que tu me voles mon petit privilège, que tu consultes, et qu'un autre que moi te dise la vérité. Égoïste, je voulais garder cette sagesse dont tu m'avais gratifiée, cette autorité éphémère qui me donnait de l'importance à tes yeux. Enfin. Non, je ne voulais pas que tu le voies, lui, cet affreux médecin-de-la-douleur, qu'il te dise ce qu'on ne veut pas, ce qu'on ne peut pas entendre. T'ai-je convaincue de ne pas consulter ? T'ai-je influencée, toi qui n'as jamais suivi personne, pour ne pas y aller ?

C'est donc ma faute. J'ai été complice de ta chute. Je devais être jalouse de ce corps ardent et vigoureux, ce corps charnel et féminin qu'était le tien, que je n'ai jamais eu et que j'ai refusé d'écouter. Je t'ai laissée dans la crainte, au lieu de t'accompagner, de t'épauler, et puis de pleurer à tes côtés. Au lieu de ça, j'ai méprisé ta douleur, et je t'ai abandonnée à ton silencieux et insidieux démembrement.

Et puis je suis partie, comme souvent, pour une quelconque tournée, et lorsque je suis rentrée à Aix, quelques semaines après, tu m'as annoncé le monstre, le vorace, celui qui ne se voit pas, qu'on connaît mais qu'on ne guérit pas. Calme et détachée, presque soulagée d'avoir enfin trouvé, c'est après une séance de yoga que tu m'as avoué, encore essoufflée, « tu vois, dans quelques semaines, je ne serai plus capable d'en faire. Dans quelques mois, je ne tiendrai même plus debout. Et dans quelques années, deux ou trois ans tout au plus, eh bien… » J'ai hurlé. Comme si tu m'avais poignardée, comme si tu semblais déjà en jouer. Tu n'avais pas le droit de me dire tout ça, pas ce jour-là. Il faisait beau, le soleil, le jardin, les odeurs, la lavande et le romarin, les moineaux, les grillons, les odeurs, la chaleur, Elie. Encore les odeurs. Ce bonheur déjà douloureux avait été envahi par les images d'un futur noir et mortuaire. Je voulais déjà repartir, fuir encore, et ne jamais revenir pour ne pas être le témoin de ça.

Heureusement, il y avait les tournées. Chaque fois que je revenais, tu continuais de t'éloigner, je te perdais toujours un peu plus et te retrouvais encore un peu moins, encore diminuée. Plus, toujours plus, parfois je ne voulais même pas ouvrir la porte de peur de devoir te regarder. Le temps permet l'habitude, qui fait naître la résignation et aide à tolérer les situations.

Tu devais sûrement te demander si je simulais et si j'inventais toutes ces tournées incessantes pour t'éviter. Oui, bien sûr, ces tournées étaient devenues mes plus fidèles alliées pour te fuir et être plus librement lâche. Je devrais te demander pardon pour cette indignité, cette insuffisance qui m'a empêchée, encore aujourd'hui, de venir te regarder, te parler, t'embrasser, être ta sœur et me battre à tes côtés.

Pour l'amour d'une sœur, pardon.

Tu sais, ce mois-ci, la tournée en Russie a été si longue que j'ai cru ne pas y survivre. J'ai tant pensé à toi, lorsque nos membres étaient engourdis par le froid, pétrifiés par cette aigreur glaciale qui nous paralysait toutes. Je pensais à ton mal, et je m'imaginais presque être toi. Et puis la rudesse de l'effort et de la torture physique reprenait le dessus et anéantissait toute possibilité d'abandon. Pourtant, c'est étrange, la sensation d'être enfermée dans mon propre corps, d'être recluse, me procurait comme un soulagement, une sorte de réconciliation avec moi-même. Je me suis dit que ça faisait du bien, parfois, une pause de soi. Mais j'en ai attrapé froid. Très froid. Après avoir été pétrifiée par cette température extrême, j'ai fini par ne plus rien sentir, comme toi, à l'exception de l'impitoyable revanche corporelle qui m'attendait en rentrant. Infection des voies aériennes inférieures, pneumonie aiguë, fièvre alarmante, et une douleur incisive comme jamais je n'en avais ressentie auparavant. « Pneumonie aiguë », on aurait pu me dire « lèpre » ou « coqueluche » que ça m'aurait fait le même effet. Pour moi, ces maladies-là n'existaient plus. Fidèle à mon imagination, j'ai d'abord entendu « leucémie », imaginant ainsi le pire, et je trouvais une certaine similitude dans la résonance. J'avais trouvé le moyen d'édulcorer le pronostic final. Tu aurais beaucoup ri, je crois, c'était une scène épique entre ce docteur russe qui n'avait pas dû consulter depuis l'époque de l'URSS, et moi, à côté de tout, de mes pompes, de la plaque, à deux doigts de mourir dans ses bras, livrée et soumise à son bon jugement qui m'était incompréhensible. La perte totale, j'étais dans un autre monde, une autre dimension, mais j'y serais restée, oui, partout où j'aurais pu éviter la réalité. Mais malheureusement, ce n'était rien de grave, j'en aurais encore pour quelque temps à tousser comme ça, mais, paraît-il, « à votre âge, rien n'est grave », m'avait-il bêtement affirmé. Rien n'est grave, vraiment ? Et jusqu'à quand ? Pour combien de temps ? J'ai besoin d'évaluer, de me projeter, de voir si tout ça vaut vraiment le coup, s'il faut passer toute cette vie à se battre, ou abandonner tant qu'il en est encore temps. Je veux savoir, moi, je veux être prête et préparée.

Puis j'ai encore pensé à toi, et je me suis dit, honteusement, que tu avais de la chance de savoir. C'est affreux et pourtant, toi, tu sais ce que personne ne sait. Qui peut connaître la date de sa mort, si ce n'est un condamné ? Tu es condamnée, c'est vrai, mais au moins, tu sais.

Ma sœur, comme j'aimerais te dire que tu es toujours la même, que rien n'a changé et que seul ton corps s'en est allé. Un corps, ce n'est qu'un détail de nous-mêmes !

Et pourtant.

« Tant mieux », comme dit Elie, un corps c'est en effet bien encombrant, et qui mieux qu'une danseuse et un enfant te le diront ? Bon débarras, on fera sans !

Et pourtant.

J'écris ce que je voudrais croire, mais je n'y arrive pas.

Avant de partir, il y a à peine un mois, dans cette Russie glaciale, il me semble que tu marchais encore, tu boitillais, mais tu savais avancer. Tu dansais même encore un peu, le haut du corps, les mains, les bras, je t'ai même vue rire aux éclats et remarqué avec stupeur que ton ventre se mouvait sans aucune difficulté. J'étais rassurée, je me disais que ce n'était pas si grave après tout, qu'on pourrait vivre avec, qu'on pourrait s'y faire.

Et puis non, ce sable mouvant et silencieux n'a pas cessé de t'engloutir, sans trêve et sans répit. On n'a pas le droit de s'emparer d'un être encore jeune et plein de promesses, d'une mère, d'une femme et d'une sœur à la fois. On n'a pas le droit de prendre un être pluriel.

Je me demande si tu penses à la mort comme nous, si tu la vois comme on la voit, nous, les ignorants. Parfois avec humour et maladresse, avec effroi et avec peine, on ne pense jamais à la mort de la même manière, ça change selon les humeurs et les peurs. Mais toi, tu sais, la sagesse de la maladie t'oblige à y songer, à apprivoiser cette obscurité.

À quoi as-tu bien pu penser lorsqu'on te l'a annoncé ? Qu'as-tu imaginé, qu'as-tu fait ? As-tu seulement pleuré, toi qui ne pleures jamais ? Tu ne ne m'as même pas raconté, tu ne me racontes jamais rien. Alors je dois tout imaginer.

Moi, je serais rentrée chez moi et avant même de penser, de réaliser et de l'accepter, j'aurais jeté cette balance sur laquelle je me pèse chaque matin. J'aurais jeté ce juge tyrannique qui me permet de continuer à danser parce que je suis maigre et chétive comme il faut l'être. Oui, la première chose que je ferais, si je me savais condamnée, je me libérerais. Puis j'irais m'acheter un éclair au café avec un grand chocolat au lait. Extra-lait. Et extra-chocolat. J'en reprendrais peut-être même un autre et j'aurais probablement mal au ventre après, mais j'aurais eu tellement de bonheur à me remplir que je me sentirais comme soulagée, apaisée d'avoir enfin succombé. Je ne penserais pas à demain, et je m'autoriserais enfin toute une nuit de sommeil, et la matinée qui suit, et celle d'après, juste pour continuer de rêver, d'être éveillée sans avoir à me lever. Je laisserais mon corps décider si je suis reposée, et s'il veut bien, seulement s'il le veut bien, je me lèverais. Enfin. Je ne ferais rien d'autre que rien.

Je briserais chacune de mes chaînes, celles aux chevilles qui me font saigner, celles qui s'accrochent à mon dos pour rester droite, celles qui accablent mes bras et les atrophient, celles qui m'assoiffent et m'épuisent. Je débouclerais mon chignon autoritaire, et je libérerais ma poitrine constamment étouffée par ce cache-cœur rose pâle aussi diaphane que maladif. Je gambaderais sans crainte de tomber, car mon corps ne serait plus souverain et j'aurais enfin le droit de faire ce qui me plaît et ce qui ne m'était plus autorisé.

Oui, je m'imagine que je ferais tout ça, aussi parce que je sais que je ne le ferai pas.

Parce que tout ce que je décris et décrie, c'est toute ma vie. C'est ce qui me fait vivre, c'est ce qui m'éveille, me fortifie, c'est ce qui m'anime à mesure que ça m'anéantit. Et puis on s'imagine tant de folies lorsqu'on sait qu'on ne les fera jamais. On invente, on devient créatif, on rêve à des choses que l'on n'est capable de faire que dans notre imaginaire.

Qu'est-ce que je ferais de ma vie sans mes chaînes ? Elles rythment ma vie, elles lui donnent un sens, une dynamique.

Trois heures d'exercices le matin, suivies de deux heures de préparation, auxquelles s'enchaînent six heures d'entraînement, de répétition et d'épuisement. Ces six heures que j'appelle « les heures irraisonnées de la journée », où je me sens m'oublier entièrement, ces heures qui aboutissent, doivent aboutir, sur scène et « en beauté ». Ces heures qui bouffent mon corps comme elles bouffent mes journées. « En beauté » oui, n'est-ce pas ce qui arrive inéluctablement après la souffrance ?

Après la souffrance, je mourrai en beauté. Oui, voilà, un corps libre en beauté.

J'en souris, j'en ris presque, si tu me voyais…

Parfois, après des journées entières de répétitions, j'ai si mal que je ne me sens plus. Lâche, je laisse mon corps souffrir sans moi. Mais si j'étais condamnée, je le soignerais avant de le quitter. On partirait ensemble et réconciliés.

Ah, oui, aussi, je dirais à Papa que je ne veux plus être danseuse, plus jamais, même si c'est la fin, mais qu'il pourra quand même m'aimer. Il pourra m'aimer pour quelque chose de moins volant, de moins brillant, quelque chose d'illusoirement moins « parfait ». Enfin, il pourra m'aimer d'autant plus que je serais sur le point de mourir – je l'avais à présent oublié à force de trop rêver – et peut-être m'offrirait-il enfin un peu de son attention qu'il n'a gardée que pour Maman. Maman, elle, serait sûrement jalouse, mais elle n'en dirait rien, parce qu'elle serait restée la même. Silencieuse et détachée.

Elle attendrait patiemment que ça passe, que je passe, car c'est une femme patiente.

C'est en t'écrivant que je me demande si elle ne m'a pas lâchement exilée dans la danse pour me voir souffrir dans mon corps comme elle souffre dans le sien. Si elle ne m'a pas évincée du champ affectif paternel pour le récupérer et le reposséder, enfin. Un enfant est si encombrant lorsque l'on est deux et que l'on est bien. Maman n'a jamais su partager, ni même donner. Elle ne voulait pas de père pour ses enfants, elle voulait un père pour elle, et j'ai dû concéder.

Toi, tu étais déjà grande, tu ne faisais pas vraiment d'ombre au duo conjugal. Maman avait fait son deuil de partager Papa lorsque tu es arrivée, mais ça n'a duré que le temps de quelques années. Un deuil qui a pris fin avec ton départ. Alors il a fallu que je parte aussi, et la danse a ainsi suppléé Maman. Et toi. Entre douleur et réconfort, j'ai su combler vos absences.

Maman, elle, n'a jamais su vivre autrement que dans la douleur, ça devait être sa façon à elle de partager quelque chose avec sa fille cadette, moi. Elle a su me transmettre, puisque moi aussi je ne sais qu'avoir mal, je ne sais que vivre mal. On s'est à peine connues avec Maman, et si je mourais, elle serait certainement triste, mais par hystérie ou par empathie, pour Papa ou pour toi. Elle serait triste par défaut, ou par principe. Ce qui est sûr, c'est que je n'aurais pas grand-chose à lui dire avant de partir.

Je ne sais pas pourquoi, je ne pense à tout ça qu'en te voyant dans cet état, et jamais je n'avais osé y penser avant. Comme si tu m'autorisais à penser vraiment. Maman a toujours été à toi, Papa à elle, toi à Papa, ainsi était votre trio, tandis que moi, je n'étais et ne suis que la petite valeur ajoutée. Alors, finalement, la justice de la vie aurait mieux fait de me faire mourir, moi, à ta place, et éviter ainsi la douleur et la brisure d'une famille qui semblait bien plus paisible avant mon arrivée.

Oh, mais tu pleurerais, toi, ma sœur, je le sais. Et puis, les gens aussi pleureraient, mais pour te consoler, parce que toi, tu es aimée.

Et puis toi, tu serais encore en vie et tu prendrais soin de moi, comme tu l'as toujours fait. Tu me cacherais la vérité, car tu sais que je ne l'ai jamais supportée, tu me parlerais toujours du lendemain en me racontant à quel point on est bien. Ce « on est bien » que tu disais chaque fois que tu t'affalais sur sur ton lit ou sur le canapé. Mais à présent que tu es toujours assise, sur ta chaise ou sur ton lit, es-tu vraiment bien ? À te voir, je dirais que oui, à t'écouter aussi, mais à te sentir, je ne saurais pas quoi dire. C'est vrai, qui aime être assis lorsque l'on sait qu'on ne peut plus se relever, plus jamais ? Toi, vraiment ? Je ne crois pas, je n'espère pas. Enfin, je ne sais jamais vraiment bien lorsqu'il s'agit de toi.

Moi aussi je serais assise, allongée, attachée à mon lit, et je rêverais ! Je finirais cette condamnation de vie en rêvant, car c'est si bon et si doux de rêver. Je ne serais pas partie loin, ni à la mer, ni à l'autre bout du monde comme le font souvent les mourants. Non, moi je voudrais vivre mes derniers instants là où je me sens vraiment vivre, où je sens le temps qui passe, lentement, presque péniblement, mais où je le ressens vraiment. Je serais à la maison, rien de neuf, rien de nouveau, rien de spécialement beau, juste la vie ordinaire qui se termine. Car lorsqu'on s'envole vers d'autres cieux, on rêve éveillé, on se perd dans l'irréalité de l'espace-temps et on ne sait plus qui l'on est, si l'on est ici ou si l'on est resté là-bas. Ce que je sais, c'est que je n'aurais envie de rien, et surtout pas de voir ailleurs, le trop vaste, le trop grand, le trop pénétrant, ce trop-plein de promesses qui m'auraient tuée de regrets avant même mon heure arrivée. Ma vie normale, mon petit calvaire pour être sûre de ne rien regretter et partir en paix d'un monde qui m'aura dégoûtée. Jusqu'au bout. Voilà ce que j'aurais fait. Voilà ce que je ferais.

Je resterais avec toi et Sophie. Et si j'avais un mari, il resterait avec nous aussi. Nous ferions de cette fin une tristesse conviviale, c'est toujours plus rassurant de partir entouré de gens. Vous deviendriez mes endeuillés, puisque Sophie perdrait sa meilleure amie, Papa et Maman une fille, et toi, une sœur. Ma disparition vous octroierait à tous un titre nouveau, celui de la perte. Oui, la mort est égoïstement meurtrière, elle tue des êtres mais aussi des liens et des familles. Tiens, peut-être que je te demanderais de faire semblant de mourir avec moi, parce que j'aurais peur peut-être, au moins au début, au moins un peu. Tu sais que je n'ai jamais rien su faire seule, je suis une grande craintive et tu m'as bien trop souvent habituée à affronter mes peurs avec toi. Alors voilà, je mourrais avec toi, mais toi, tu reviendrais. Toi, tu es plus forte, tu n'as pas besoin de moi, je le sais, ça.

Tu écris dans ton journal, ton carnet, tes notes volées, que tu ne mourras « pas comme ça » et qu'Elie n'en « saura rien ». Pas comme quoi ? Savoir quoi ? Pendant un instant, j'ai eu un sursaut d'angoisse à l'idée que tu t'en ailles avant l'heure dite, que tu partes de ton propre gré, de ton propre accord et sans le nôtre, mais surtout sans le mien. Je ne suis pas d'accord, moi je suis aussi égoïste que la mort et je te garderai jusqu'à ce que la vie n'ait plus aucun souffle à te donner. Je dois t'avouer que j'ai presque été rassurée de t'avoir vue perdre ton autonomie presque complète, ton insolence avec, car ton courage, lui, pour sûr, ne t'a certainement pas quittée. Tu ne feras désormais plus rien seule, j'ai commencé à l'accepter, c'est terrible et rassurant à la fois, car je sais que tu l'aurais provoquée, cette fin-là, cette fin à toi dont on ne veut pas. Me voilà donc apaisée de te voir entre de bonnes mains qui vont te préserver des tiennes meurtrières. Tu n'as pas le droit de mourir tant que ton corps n'aura pas lâché sa dernière force. La dernière, pas avant, j'y veillerai !

Je m'en veux d'écrire tout ça. Mais ça ne te touchera pas, puisque jamais tu ne me liras.

J'écris pour ne pas te dire.

On passe sa vie à essayer de construire, puis soudain tout s'effondre, tout est démoli par la vie elle-même.

Voilà ce que se dira mon Alexandre le jour de mon enterrement. Il ne dira rien, il restera muet de sérénité et réussira parfaitement à réprimer chaque élan de douleur, de faiblesse, chaque balbutiement de larme, car il sait rester fort en public, il sait tenir tête à l'émotion soudaine et il ne faillit jamais. Il pensera beaucoup, à moi, à nous, au monde qu'on s'est fabriqué à l'abri de l'hostilité qui nous entourait, ce monde qu'on a voulu loin de tout et qui s'est brutalement effondré, sans prendre le temps d'être indulgent, car l'indulgence, c'est pour les patients. Mais qu'est-ce qui peut bien être le moins douloureux, une mort subite ou une mort prédite ? Il faudrait penser à mieux mourir.

Au début, il se dira qu'il n'aimera que moi, et se rassurera en regardant Elie qui me ressemble et pour qui il se persuadera qu'il faudra lui dédier sa vie. Seul. Il clamera que personne d'autre ne pourra prendre ma place et me succéder. Il s'y tiendra même, au début. Et il y croira presque.

Mon amour, mon Alexandre. J'aime croire en l'amour fidèlement éternel. J'aime l'idée qu'il y croit aussi et j'aime le fait que je ne serai pas là pour le voir abjurer. J'aurais donc rendu sa promesse d'amour éternel, faite le jour de notre mariage, plus légère et plus endurable en réduisant mes jours. Les vies d'aujourd'hui sont bien trop longues, s'aimer pour la vie, c'est s'aimer trop longtemps. La mienne l'aura rendue plus digeste. Qui sait si dans vingt ans il m'aurait encore aimée ? Je crois pourtant qu'il m'aime encore un peu malgré tout. Malgré ma diminution, ma lente et progressive disparition. Moi, je n'ai pas d'autre choix que de l'aimer éperdument, comprenant enfin ce que signifie ce « tu es tout pour moi », que l'on dit sans jamais l'avoir expérimenté. Pour moi, il l'est. Il est mon matin, mon sommeil, ma journée. Il est mes mains, mes bras, ma voix, il est ma force et ma volonté. Grâce à cette condamnation, je l'aurai aimé jusqu'à mon dernier souffle. Mourir avant sa mort rend la vie plus forte, l'amour plus intense, et le mariage éternel.

J'aurai donc été aimée jusqu'au bout. Ça rend ma fin heureuse que de penser à l'amour qui triomphe et dure jusqu'à ce que la mort sépare.

Il ne le sait pas encore, mais il s'en remettra. La mort apporte une lucidité qui ne trompe pas. Mais ça ne me rend pas triste, au contraire, ça me rassure. Si on peut construire et déconstruire, alors on peut fatalement reconstruire. Un autre amour, peut-être un plus fort, probablement un plus solide. Pourvu seulement qu'elle ne lui tombe pas des mains, elle aussi ! La chute, c'est ce qu'il y a de plus douloureux en amour.

Si on avait su, aurait-on même commencé à s'aimer ? S'abandonner comme ça, lâchement, à mi-chemin, ce n'est pas conséquent. C'est traître. On s'est engagés, on s'est donné notre parole, et voilà que j'y manque déjà, que je capitule, si tôt, si lâche. Je suis passivement lâche et lâchement passive, ce qui rend l'idée d'une femme plus forte partageant la vie d'Alexandre d'autant plus apaisante. Je partirai moins tourmentée. J'imagine qu'elle saura l'épauler, lui donner toute l'affection et l'égard dont il a besoin et que je ne peux plus lui donner aujourd'hui.

Peut-être d'ailleurs qu'il la sent déjà, cette fin, et qu'il en est soulagé. Je ne sais pas. Peut-être qu'il fait de son mieux pour remplir son ultime devoir conjugal. Qu'il lutte, qu'il se contient, qu'il garde son courage, lui. Il sait que je n'en ai plus pour longtemps, il le sent. Six mois, un an, deux ans tout au plus. Si tout reste en ordre dans la souffrance, si le mal continue d'avancer méthodiquement, il n'y en aura plus pour bien longtemps. Ce mal est vicieux, lui aussi lâche, il prend son temps pour m'achever. Un peu, pas trop, juste ce qu'il faut pour souffrir décemment et rester éveillée. Encore. Un peu. Mais encore moins. Chaque jour de moins en moins. Mais encore là, toujours là. Mais jusqu'à quand, bon sang ?

Lorsque Alexandre me regarde avec douceur et tendresse, lorsqu'il me dit que je suis toujours belle, je me demande qui il regarde réellement. Pense-t-il à moi avant, il n'y a encore pas si longtemps ? À lui après ? À une autre ? J'ai pris cinquante ans en six mois, et je l'ai embarqué dans le tourbillon d'un futur noir où il ne reste rien d'autre que le passé. Un passé qui nous maintient, qui étrangement nous fait du bien.

Il me borde, me donne à manger, il me coiffe, il m'habille, il fait tout comme si j'étais sa fille. Il me raconte des histoires, parfois les siennes, parfois les nôtres, les vieilles, les belles, les passées. Il devient mère et mari à la fois. Il me ménage, il m'épargne, il veille à ce que tout soit harmonieux et beau autour de moi, à ce que chaque mot soit doux et enchante à l'écoute. Il veille à ne montrer aucune nostalgie, et me parle de plus tard avec beaucoup d'assurance, comme si ce présent n'était qu'une parenthèse diabolique qui allait prendre fin. Et il y croit, à cette fin-là. Oui, il y a toujours une fin à tout, même l'horreur se finit un jour.

Je me déshumanise à mesure que je continue de vivre, et je suis sidérée des ressources qu'un corps peut posséder. La déshumanisation n'est pas chose aisée, ça prend du temps. Beaucoup trop de temps. Alexandre le voit, mais il ne dit jamais rien. Pas un mot sur le diable, que des mots doux et des mots sur nous.

Depuis peu, je me suis surnommée Babouchka, qui veut dire « grand-mère » en russe. Ça m'aide. Je me suis octroyée ce titre suprême de mamie russe, puisque je suis devenue vieille, et que je suis enfermée comme cette fameuse matriochka.

Je suis une mamie, une poupée, une marionnette, un bébé. Je suis tout sauf ce que j'étais. Je suis fatiguée, encore, de n'avoir rien fait de la journée. Babouchka est condamnée à rester ici, à ne pas bouger et à contempler tout ce qu'elle ne peut plus toucher. Babouchka a mal, mais Babouchka ne se plaint pas, parce que plus Babouchka radote, moins les gens l'écoutent. Les gens n'aiment pas écouter de toute façon, ils préfèrent parler, et Babouchka a tout le temps d'écouter. Babouchka est plus forte, elle n'a même plus peur de mourir. Car Babouchka en a assez de vivre.

Comme c'est dur d'être vieux, surtout lorsqu'on est encore jeune.

Parfois, je dis « merci » à Alexandre, en précisant que c'est pour ses « bons et loyaux services », alors il rit. C'est vrai, être soudain marié à une femme de cinquante ans son aînée, ça mérite bien des remerciements. À vrai dire, j'ai besoin de le remercier, j'ai besoin qu'il sache que rien n'est acquis et rien ne l'oblige à être là. Il pourrait partir, et il aurait le droit. Il aurait même raison de le faire, et lorsque je l'encourage à le faire, il continue de rire. Maladroitement, il doit se dire que tout ça n'est qu'une question de temps, autrement, il ne rirait pas comme ça.

C'est vrai, toute cette histoire ne tient qu'à une seule chose : le temps. Un peu, un peu plus, encore plus... on ne sait pas, mais tous, on attend. On compte. Comme c'est long le temps compté. Comme j'aimerais dire au docteur qu'il faut mettre fin à toute cette mascarade, que la farce a assez duré et qu'il faut trouver une chute au plus vite, aujourd'hui, demain, ça y est, il est temps, il faut commencer la fin ! Oui, j'aimerais appeler ce docteur Laniaut et lui dire qu'il me la doit, cette digne fin, cette fin acceptable et tolérable. Qu'il m'empoisonne, qu'il me drogue, qu'il m'étouffe, qu'il fasse comme il veut, mais bon sang, qu'il me donne la fin qu'il faut ! Car cette fin-là, celle que je vis et qui m'est promise, ne me convient pas. Trop lente et trop pernicieuse, elle n'est ni glorieuse, ni douce, elle est sournoise et impitoyable. Elle est faible, moche et grotesque. Une fin médiocre. Je ne la mérite pas.

Je me meurs sans respect, mon corps se bouffe lui-même et personne ne peut rien y faire, tout le monde s'obstine à me convaincre que vivre est la meilleure chose à faire. Tant qu'à faire. Mais personne ne sait la souffrance de la dégénérescence, personne ne peut imaginer ce qu'est la vie à moitié, la vie diminuée, la à demi, l'entre-vie-et-mort. Personne, si ce n'est un condamné. Sentir la mort à la fois occulte et constante, la mort souterraine, qu'on ne voit pas mais qui ne laisse que les yeux pour cligner et le cœur pour battre les secondes qui passent.

Lorsque je regarde mes membres immobiles et insolents, je me dis qu'ils ont de la chance d'être déjà morts, eux. Ils n'attendent plus que moi, tandis que tout le monde y croit. Tout le monde croit que je vais lutter jusqu'au bout, pour eux, certainement pas pour moi, parce qu'ils m'aiment et qu'ils me veulent encore près d'eux. Les égoïstes. Je ne me veux déjà plus près de moi, je ne me reconnais même plus, je crois bien que je ne m'aime plus. Et puis, ce trop-plein d'amour me fait suffoquer. Qui aiment-ils dans tout ça ? C'est bon l'amour lorsqu'on peut le partager, pas lorsqu'on le subit. Je subis leur amour fébrile et apeuré, leur amour peureux et angoissé. Leur amour qui n'aime qu'eux.

Ils ne savent rien, et continuent pourtant d'aimer aveuglément. Ils se rassurent.

C'est émouvant, c'est vrai.

Mais lorsque l'on est condamné, la mort en soi ne fait plus peur, elle est intégrée à la vie, au quotidien, à la pensée, aux sentiments même. Je n'ai plus peur de mourir, j'ai peur de la vie sans moi. J'ai peur qu'elle oublie que j'étais là moi aussi, que je faisais partie de cette vie. J'ai peur des autres qui continuent sans moi, ces autres qui m'aimaient et qui, déjà, s'apprêtent, sans le savoir, à m'oublier et à vivre sans moi. Moi je les aime encore, ces autres, authentiquement et comme avant. En fait, non, c'est ce que je veux me faire croire, mais la vérité est qu'aujourd'hui, je n'aime réellement qu'Alexandre et Elie. Je les aime de plus en plus fort, plus intensément, comme pour compenser toutes les années où je ne serai plus à leurs côtés. Je les aime avec reconnaissance mais avec un peu de retenue aussi, comme pour les préparer. J'aimerais endurcir Elie, mais il est de plus en plus doux, alors j'espère qu'Alexandre s'en chargera. Ou peut-être pas, après tout, je ne sais pas, je ne sais rien. Ce futur m'intrigue, c'est vrai, cette vie que j'ai vécue et qui continuera sans moi me laisse tout imaginer. Incertaine de tout, je partirai sans savoir.

Parfois, pour me distraire, j'imagine et réinvente la suite. La suite du livre, les autres chapitres. Petite, c'était mon jeu favori. Je pense à mon jour ultime, celui que j'attends déjà, et puis à ceux qui s'ensuivront. J'aime imaginer qui sera là pour le pot de départ, pour les remerciements, pour les dernières salutations. J'en ris. J'aimerais qu'on inscrive en gros « À bientôt les gars », mais personne n'oserait écrire ça pour moi. C'est vrai, c'est un humour un peu spécial, celui qui ne nous vient que lorsque l'on est sur le point de s'en aller. Oh, tiens, et j'ajouterais même « vous non plus, vous n'en avez pas pour très longtemps encore, votre jour viendra aussi ». C'est vrai, après tout, nous sommes tous en sursis.

Comme j'aurais aimé assister à mon enterrement !

Qui parlera ? Qui dira quoi ? Qui pleurera ou ne pleurera pas ? Qui fera semblant ? Comment s'habillera ma mère ? Comment se tiendra mon père ? Que dira Aurore à Elie ? Que dira Elie à son père ? Que lui répondra son père ? C'est quand même le comble de ne pas pouvoir être là, le jour où l'on nous rend hommage ! Je devrais faire un pré-enterrement.

L'ennui, c'est que mon sursis reste malgré tout indéfini, et je ne sais pas, puisqu'on ne veut pas m'aider, quand ce fameux jour va enfin arriver.

Dans mon sommeil, dans la rue, dans mon bain, seule ou entourée d'inconnus. C'est une fin fuyante et mesquine qui aura commencé comme elle se finit, lâchement et silencieusement.

Alors, non, cet enterrement se fera bien sans moi, comme le veut la coutume.

Et en attendant, j'attends.

C'est drôle, je me sens être ce condamné, dans l'ouvrage de Victor Hugo, à qui il ne reste que trois jours à vivre, que j'ai lu lorsque j'avais douze ou treize ans avec tant d'empathie et de compassion. Ce livre m'avait empoignée au sens littéral et physique du terme. J'y repense en me disant que lui, au moins, savait. Trois jours, deux jours, demain. Je l'envie presque, tandis qu'à l'époque, j'avais beaucoup de tristesse, de pitié, de tourment, mais aussi, à la fin seulement, un grand soulagement. Soulagement de ne pas être lui, et de ne jamais l'être. « Mettez-vous à la place du condamné, nous avait énoncé notre professeur, et écrivez vos derniers jours comme si vous étiez un condamné à mort. »

Comme j'étais mauvaise à ces jeux de rôle ! Je n'ai jamais su me mettre à la place de qui que ce soit d'autre, j'ai toujours accepté qui je suis. Pas assez profonde ni assez tourmentée, je crois que même la créativité ne m'a pas été donnée. Je me souviens avoir laborieusement écrit, avec beaucoup d'application et d'implication. J'écoutais du Chopin, le prélude en E mineur, le tout-puissant, l'impénétrable, le sublime, le fatal. Celui qui, à chaque écoute, m'emplissait de larmes aussi incohérentes qu'immodérées. Ce morceau, je l'ai haï autant que je l'ai adoré. J'avais essayé d'utiliser mon chagrin allégorique pour cette mise en scène absurde que notre professeur nous avait imposée. Mais rien n'y faisait. Qui, à douze ans, peut ou veut penser à sa fin ? Plus je lisais ce condamné, plus j'étais heureuse d'être saine et sauve, et aucune idée obscure n'arrivait à surgir de mon esprit. La mort, à quoi ça peut bien ressembler lorsqu'on est enfant ? Ça n'existe pas encore, ça ne vient qu'avec le temps. J'avais tant souffert en rédigeant cet exercice que j'avais eu ce besoin viscéral de préciser la réalité, de me justifier et me rassurer à la fin : « Non, ce n'est pas toi, tu ne vas pas mourir demain. Demain, j'irai au cinéma avec mes copines, et le soir nous irons manger au McDo. » Oui, « demain », j'avais autre chose à faire que de mourir, plus important, plus urgent. À cette époque, je n'allais encore jamais mourir.

À la fin de l'exercice, c'était devenu presque jouissif d'avoir à se lamenter, souffrir, éprouver, et mourir pour de faux. Seulement pour de faux. En décrivant une vie d'injustice où personne ne devait mourir avant son heure, je m'étais inventé une vie triste et pleine de regrets, une vie que j'allais m'efforcer de vivre pour me contredire. Ça m'a peut-être aidée, qui sait. Pas d'amoureux, pas de mariage, pas d'enfant, pas de voyage en Afrique. Pas de chat, pas de jardin, pas de baccalauréat. Pas de sorties étudiantes, pas de dîners entre adultes. Pas de premier chagrin d'amour, pas de premier amour tout court. Pas de sexe, pas d'émotion. Pas de chambre ni de maison à moi. Pas de vie à moi.

J'imaginais une vie qui ne m'aurait jamais appartenu, une vie que je n'aurais vécue que dans l'attente de la vivre, « plus tard », comme on le répète souvent aux enfants. La vie, pour un enfant, se résume à attendre ce « plus tard », et aujourd'hui, je suis comme cet enfant qui attend et qui exige son « plus tard ». Oui, aujourd'hui plus que jamais, je me sens proche de cette petite fille de douze ans que l'on force à penser à la mort, et qui ne peut penser qu'à la vie. Et moi, aujourd'hui, je ne pense qu'à la mort, qui soulagerait enfin ma vie. Mais comme cette enfant, je pensais déjà à ma petite sœur, encore très enfant, encore très tendre et très fragile, qui ne m'aurait jamais pardonné ce départ forcé. Elle ne m'aurait connue que très peu. Trop peu pour me regretter. Elle m'aurait imaginée, rêvée, ça aurait été presque plus gai de penser à cette sœur méconnue qui avait bel et bien vécu. Pourrait-elle accepter mon départ aujourd'hui ? Je ne crois pas, elle n'a pas tant changé, c'est un don qu'elle a su protéger : rester fragile et se préserver des années. Oui, je l'aimais tellement, pour elle je ne serais jamais morte. Je l'aime toujours autant, mais la réalité a imposé un autre dénouement.

Aujourd'hui, je devrais être apaisée de partir en ayant goûté à tout ce dont j'avais peur de ne pas goûter enfant. Mais voilà, une fois goûté, une fois vécu, on a irrémédiablement le regret de ne plus le revivre encore une fois. Insatiable, on en veut toujours plus.

J'aurais dû mourir enfant, ou ne pas mourir du tout.

Aujourd'hui, il y a Alexandre, Elie, et aussi mon Aurore chérie, ma petite sœur, mon petit cœur. Qui prendra soin d'elle lorsque je serai partie ? Parfois, je me surprends à lui demander ce qu'il en est de ses amours, telle une mère anxieuse, un père inquiet ou une sœur impuissante. Oui, j'aimerais qu'elle trouve quelqu'un, j'aimerais le rencontrer avant de partir, j'aimerais vérifier, être sûre, pour partir en paix. J'aimerais lui concéder mes forces, que j'eus jadis, pour qu'il prenne soin de mon petit joyau. Maman n'y pensera pas, elle, trop préoccupée à survivre elle aussi, à subsister, à résister. C'est moi qui dois veiller sur elle, comme je l'ai toujours fait et comme je le ferai. Jusqu'à ce que je ne le puisse plus, parce que la vie me l'aura interdit.

J'imagine qu'Elie la prendra comme mère suppléante, comme une tante un peu plus maternelle, qu'on adopte instinctivement. Il en a déjà fait son amoureuse, sa « princesse » comme il la surnomme devant ses copains, et devant nous aussi. Fièrement, c'est son étoile qui danse au rythme de son cœur. « Tu danses comme je t'aime », lui a-t-il clamé l'an dernier lors de sa représentation à l'Opéra. Quel moment, quelle magie, quelle puissance ! L'Opéra, ma petite sœur, l'Opéra. Comme si j'avais tenu jusque-là pour le voir.

Elie la regarde chaque fois danser avec une telle intensité et une telle passion, cela me rassure, au moins, il aura une autre femme à admirer et à aimer après moi. Je devrais en être un peu jalouse, tout cet amour qui jaillira lorsque je disparaîtrai… Perdre la vie lorsqu'on est mère, c'est avant tout perdre un fils. Mais je ne ressens plus les mauvais sentiments qui ont dû se dissoudre, eux aussi, avec le reste de mes membres.

Ma sœur est tout sauf petite. Belle, grande et fine, forte et clairvoyante, elle est brillante et jamais je n'aurais pu rivaliser. Elie a raison de l'aimer autant, et Alexandre d'en avoir peur. Ces deux-là se détestent depuis toujours, c'en est presque comique. Il faut voir Alexandre prétexter un rendez-vous important chaque fois qu'Aurore vient à la maison.

Elie sera bercé à la fois par sa tante et par son père qui tous deux se détestent, mais lui donneront tout l'amour dont il aura besoin, je le sais. Cela m'enchante, mais je ne peux m'empêcher d'en rire un peu. Ils se disputeront, ils crieront, Aurore ne se laissera pas faire, et Alexandre jouera les fiers. Comme j'aimerais être là quand tout cela arrivera. Juste voir, sourire, j'ai envie de voir ma vie sans moi. Oui, j'en ai besoin. Et puis, bien sûr, voir Elie qui grandit pour me ressembler, car il me ressemblera, c'est certain, on ne fait pas des enfants pour rien ! Je vois déjà ses traits, ce sont presque tous les miens. La nature fait parfois bien les choses.

Elie, mon Elie. J'ai l'impression de te trahir et de faillir à la promesse de vie que je t'ai faite en te la donnant. Je ne t'ai pas encore appris à vivre sans ta mère, c'est quelque chose qui s'apprend avec le temps, progressivement, doucement. À ton âge, on ne peut pas penser à la mort de ses parents, on n'en a pas le droit. Alors tu vivras comme si j'étais là, n'est-ce pas ? Tu en es capable, ton imagination et ta créativité dépassent la réalité. Tu es fort comme un artiste, tu peux tout créer, tout recréer.

Comme c'est égoïste de mourir. Si ça ne concernait que moi, alors je pourrais mourir en paix. Mais la mort désordonne, elle chambarde et renverse tout. Au-delà de la tristesse et de la souffrance qu'elle provoquera, elle anéantira une enfance, celle de mon fils, brisera l'union de mon couple, la sérénité de mon mari, la protection de ma sœur, amputera mes parents d'une branche, et ma famille d'une feuille. Une feuille de vie. Mourir n'est pas un acte individuel, il tue tout ce qui touche, chaque possible, chaque promesse.

Elie dirait, « la mort, c'est méchant. Je vais tuer la mort ». Elie est révolté, il est fin, tout comme je l'étais, je crois. Qu'est-ce qu'on pourra bien lui dire, à mon petit ? J'imagine que son père lui racontera comment Maman est partie tuer cette mort-là, mais qu'elle ne reviendra pas tout de suite, car ça prend du temps de tuer la mort. J'imagine quels mensonges il inventera pour l'apaiser, comment il les lui dira et comment il les jouera. Le théâtre des mensonges, oui, ça il saura !

Bien sûr, Elie n'y croira pas, mais il jouera au naïf, parce qu'il sait que ce ne sera pas lui mais son père qu'il faudra consoler.

J'ai même pensé lui écrire des lettres, comme font souvent les mourants. Une par jour, ou par semaine, des lettres que son père lui lirait jusqu'à ce qu'il comprenne que Maman ne reviendra plus jamais. Et puis non, j'ai renoncé. Combien de lettres aurais-je dû écrire ? Ça prend combien de temps à comprendre, une chose pareille ? J'aurais eu l'impression de jouer, de le tromper, de ne pas lui dire la vérité.

Et puis, écouter son père lire les mots doux de sa mère alors qu'elle a soudainement disparu sans raison, ce n'est ni tolérable, ni acceptable. Moi, je n'aurais pas voulu de ces lettres, ni de cet amour. Un amour par biais, un amour indirect, un amour irréel et épistolaire, qui ne peut que se répéter sans pouvoir progresser. Un amour sans partage, c'est un amour stérile et impuissant. Et voudrait-il me répondre qu'il ne le pourrait même pas. Il serait trompé, oui, et moi aussi.

Non, il n'y aura pas de scénario écrit, je lui laisserai des souvenirs, un amour inconditionnel et infini qu'il devra lui-même sentir chaque fois qu'il en ressentira le besoin. Ou qu'il en aura juste envie. C'est lui qui choisira quand et comment être aimé par l'absence, je ne lui imposerai rien.

Ma sœur, chacun de tes mots est empli d'une sagesse infinie. Une sagesse que je ne te connaissais pas, ou que j'avais oubliée. Avec le temps qui passe, on ne pense plus les choses, du moins, on ne les repense plus. Enfant, tu avais toujours le mot juste, celui qui rassure et qui apaise, celui que je n'arrivais jamais à avoir. Tu écris comme tu vis la vie. Clairement, sereinement, avec encore cette ardeur qui ne te quitte pas, cet embrasement que tu as toujours eu pour les mots et pour leur sens. Je ne t'ai jamais vu plaider, et en te lisant, j'arrive à imaginer comment, par le simple pouvoir de tes mots, tu pourrais innocenter un criminel. Voilà qu'à présent je m'en veux de ne jamais être venue t'écouter. De ne pas t'avoir plus écoutée. Mais nous étions censées avoir toute la vie devant nous ! Si ce n'était pas cette fois, ça aurait été celle d'après, ou encore une autre... La vie n'était pas supposée s'arrêter avant. Quelle bêtise de toujours regretter ce qui ne peut pas continuer, au lieu d'en profiter, tout simplement, tant qu'il en est encore temps.

Trop intelligente pour être triste, trop sage pour être amère, trop vivante pour mourir, tu as toujours su comment accepter la vie, sa beauté et sa cruauté. Comment peut-on appréhender cet inconnu abyssal, qu'on appelle familièrement la mort, avec une telle sérénité ? Même sa menace, sa condamnation, sa fatalité ne t'ont pas changée.

Je t'envie. Je te jalouse, encore, comme toujours, depuis toujours. J'ai parfois essayé de vivre la vie à travers toi, une vie plus douce, plus admissible, plus supportable. La vie avec toi, c'était la vie, mais en plus simple. Tu avais assez de force pour me protéger, assez d'intelligence pour m'élever, assez de vivacité et de liberté pour me sauver. Moi j'étais la terne et la mélancolique, et toi, tu étais faite pour moi. J'ai essayé d'être comme toi, j'ai échoué, mais au moins, je t'avais encore à mes côtés. Toujours fidèle à moi, j'avais encore cette possibilité de t'avoir dans mes bras quand je le voulais. Pourquoi je ne l'ai plus fait ? J'aurais dû savoir, on aurait dû me prévenir qu'un jour tu allais partir. Je t'aurais serrée dans mes bras tous les jours de ma vie, je t'aurais pardonné tous tes départs, toutes tes fuites. Partir, c'est pouvoir revenir, toi tu ne partiras pas, tu disparaîtras. Mon Dieu, mais quel mot affreux. Désormais, me voilà aussi condamnée, avec toi, à cause de toi. Condamnée à la vie sans toi et sans retour.

Si tu savais à quel point tes mots voient juste, en serais-tu encore surprise ?

Elie ne parle que de ton départ. Il sait que tu pars loin, c'est vrai, il est si clairvoyant. Il sait que tu pars bientôt, mais ne sait ni où, ni combien de temps. Il a été rassuré lorsque Alexandre lui a dit que tu serais là-haut, que tu n'aurais plus de fauteuil, et que tu volerais avec les oiseaux. Il te dessine beaucoup, d'ailleurs. Il dessine ce qu'il pense et ce qu'il ressent. Il dessine comme tu écris. Il dessine la vie, surtout la tienne, là-bas, et ce que tu y feras. À défaut de savoir écrire, il est pour l'instant écrivain d'images, il raconte ton histoire en dessin. Cette vitalité créative… on sait de qui il est le fils ! Ce midi, je suis allée le chercher à l'école, il m'a donné un dessin qui t'était destiné. Trop pudique, il n'a pas osé te le donner, car tu n'es pas encore partie, il ne voulait pas brusquer ton départ. Comme par défaut, il me l'a donc donné à moi. « Toi, tu es comme Maman, mais en plus jeune, et tu vas rester ici avec nous. » Il sent. Il voit. Tu as raison. Et, non, je ne lui ferai pas l'affront de l'abandonner aussi.

Tu étais dessinée grande, avec une couronne dorée, les cheveux détachés au vent, entourée d'une multitude d'oiseaux dansant autour de toi. J'ai été frappée par les couleurs et la précision de leur plumage. Il n'y avait ni soleil, ni nuages, uniquement des oiseaux et des couleurs. Le ciel semblait atemporel, et tu étais en reine, comme tu l'as toujours été pour nous. Je me sens si proche de lui lorsqu'il parle de toi, avec cette adoration absurde et juvénile qui m'est encore restée de notre enfance. Récemment, il m'a expliqué que tu t'envolerais un jour, bientôt, mais que tu reviendrais plus forte et plus belle que jamais. Il est patient, m'a-t-il assuré, il attendra ce qu'il faut attendre.

Les larmes me sont montées et, égoïste, je lui ai demandé de m'en faire un autre. Par réflexe, par instinct, on en veut toujours plus, surtout lorsque ça touche. Et puis, fièrement, il m'a montré une boîte en carton cachée sous son lit : « Dix-sept, m'a-t-il affirmé. Il y en a dix-sept et je veux qu'il y en ait mille. Parce que mille, c'est presque l'infini ! Et Maman en aura pour toujours ! » Charmant, émouvant. Sur chaque dessin, tu régnais sur un monde différent. Tu n'étais jamais seule, mais aucun être ne te faisait face, tu surplombais l'univers et chaque image te représentait sous un autre jour, sous une autre lumière. Jaune et rouge, beaucoup. Bleu, pour la couleur de tes yeux-océan. Tu naviguais à travers l'espace, et ton sourire dépassait ton visage. Un sourire rouge vif. Tu dansais beaucoup, et tu avais cette tache de naissance sur la main que j'ai toujours essayé de cacher et qu'il t'a attribuée, étrangement. L'aurait-il fait exprès ? Aurait-il vraiment confondu ? On aurait dit nous deux en une. Moi, déguisée en toi. Tu vois, c'est lui qui te bercera d'amour pour ton ultime exil. Une fresque de vie, voilà ce qu'il en fera ! Ton fils est déjà un grand, crois-moi, tu peux être rassurée.

En y repensant, ma tache t'allait bien, et ça m'a donné envie de faire la paix avec elle aussi. Ce coquin voit tout. On ne peut pas tromper un enfant trop longtemps. Instinctivement, il s'est remis à dessiner tout en clamant : « Un jour, je la rejoindrai, et elle ne sera plus seule. Pour l'instant, elle s'occupera un peu sans moi. Puis je la délivrerai de là-haut, et nous resterons ensemble. Ou nous rentrerons ici, je ne sais pas encore. Tu pourras venir avec nous, et peut-être même aussi Papa. Enfin non, ça, je ne sais pas. »

Il t'a donc créée et recréée avec ses mots, de quoi te conforter de là-haut. Il m'a confié la tâche de te restituer ses petites œuvres moi-même, je ne sais pas pourquoi il ne veut pas le faire lui-même. Pudique, timide, moi non plus je ne peux pas le faire. Je ne peux pas te faire cet affront de te faire sourire et pleurer à la fois. Non, cette douleur du regret, je ne te l'imposerai pas non plus.

Alexandre, lui, n'a pas encore vu ces dessins. De toute façon, il n'y comprendrait rien. Il n'a jamais rien compris, ni toi, ni son fils, ni même la vie. C'est peut-être d'ailleurs pour ça qu'il t'a aimée si vite. Ta complexité a été réduite par sa naïveté, il t'a aimée comme on aime un jouet, d'instinct, sans réfléchir, comme un caprice. Il n'est pas méchant, il n'est pas malveillant, ni même dérangeant lorsqu'on y pense, il est tout simplement et innocemment idiot. Faible, et sans intérêt. Il te fallait un homme, un grand. Il te fallait une ombre à défier, une brume à éclairer. Je n'ai jamais compris ton choix ni ton amour pour cet homme-là. Il t'aime, ça, tu le sais. Il te vénère même, depuis le début, et continuera de t'aduler jusqu'à la fin. Il sera tes mains, tes jambes et ta voix tant qu'il le pourra, et c'est, je crois, ce qui lui donne une raison de vivre. Sans toi, avant toi, il n'était rien, et lorsque tu partiras, il redeviendra ce même rien. Il a toujours eu cette faiblesse pathétique, cette gentillesse malsaine, cette générosité agressive et cette bienveillance nauséabonde qui m'a tout de suite écœurée. Ses sourires figés, ses politesses marquées, son intelligence commune et sa dérision dérisoire, tout ce qu'il est m'a toujours excédée. Même sa beauté m'a d'emblée exaspérée. Il est vrai que son ironie laisse parfois entrevoir une once d'intelligence, une légèreté d'être qui me le rend sympathique le temps d'un échange. Mais rien n'y fait, rien n'y a fait, et n'y fera, pour moi, il n'a d'intérêt qu'à cause de toi. C'est fou tout ce que je pense de lui sans jamais te l'avoir dit. Comment ai-je fait toutes ces années pour ne jamais t'en avoir parlé ? Y a-t-il une bienséance entre sœurs à présent ? J'aurais dû te prévenir. Ça n'aurait rien changé, c'est vrai, mais j'aurais été soulagée. Et puis tu devais le sentir, notre éloignement n'avait pas altéré tes sens, dont celui de voir ce que je pense.

Comme j'ai détesté le voir dans tes bras tel un enfant qu'on doit protéger, un enfant réfugié. Un jour, tu m'as confié qu'il avait peur de moi, de mon irrémédiable froideur et de mon regard à la fois noir et serein. Je me souviens avoir ri aux éclats, j'étais fière d'effrayer un adulte, moi qui n'étais encore qu'en phase terminale de l'enfance.

J'aurais voulu te demander pourquoi lui ? Pourquoi m'avoir abandonnée pour lui ? Ce fade, ce rien, le producteur de films le plus faible, le plus honnête et le plus ennuyeux qui existe. Un producteur qui ne produit rien, qui n'a aucun goût, et qui pourtant t'a toi, un soleil de vie. Toi si fine, tu t'es laissée prendre à l'appât, comme une enfant perdue que tu n'étais pourtant pas. Oui, tu n'avais pas besoin de lui, pas encore, pas à ce moment-là. Tu avais tout pour ne pas finir avec ce genre d'homme, tu avais un père aimant, une mère absente, une carrière fulgurante et une petite sœur adorante. Tu n'avais pas besoin d'une éponge en prévision de tes vieux jours, ou de tes tristes jours, et puis tes couches, je te les aurais changées, moi ! J'aurais été tes pieds et tes bras, j'aurais tout remplacé, moi, s'il n'avait pas été là.

Je l'ai croisé furtivement ce midi en déposant Elie. *Bonjour, bonjour*, c'est tout ce que j'ai pu supporter.

Médiocre cordialité, je ne lui dois rien.

Avoue-moi que tu ne l'as jamais aimé, avoue, car je le sais. Tu t'es lâchement laissée aimer, parce que c'est facile et rassurant, tu avais peur d'aimer toi, peur d'être prise au piège de l'amour, le grand, le puissant, le déroutant, qui t'aurait fait perdre la tête avant que tu n'aies le temps de perdre tes jambes. Tu avais peur, oui, tu as donc choisi la simplicité d'être aimée tranquillement et sagement, de t'abandonner à la sûreté pour ne pas t'égarer, et rester en sécurité dans les bras de la médiocrité. Tu t'ennuyais, et tu t'y es habituée. Mais je sais que ce n'était pas ce que tu voulais.

Un soir de spectacle, tu es venue dans ma loge et tu m'as dit que tu me jalousais. Cette vie déroutante et trépidante, ces voyages, ces tournées, ces rencontres et cette vie en communauté semblaient t'impressionner. Tu m'as confié que c'était ça, la vie, pour toi, la vraie, qu'il n'y avait rien de plus beau et de plus important que la liberté. Et puis tu m'as fait jurer de ne jamais rien changer.

Si tu savais à quel prix j'ai payé cette liberté. Elle m'a coûté le fait d'être soumise et aliénée. À coup d'épuisement et de folie. À coup de souffrance et de torture physique. Tu aurais peut-être mieux su vivre cette liberté que moi, toi qui étais la forte de nous deux. Et moi, j'aurais peut-être pu être aimée comme tu l'as été, même si cela demande une force et un certain courage dont je ne pense pas avoir hérité. Oui, aujourd'hui, je ne sais ni aimer bien, ni être aimée. Je suis tellement prise dans cette liberté illusoire et ce flou empirique devenu vital que je me suis affranchie de tout, même de l'amour. Surtout de l'amour. Tu sais, la liberté n'a pas de sentiment.

Contrairement à toi, moi, petite, je n'avais déjà plus l'amour de Papa. Maman était déjà trop présente avec sa faiblesse et sa maladie pour qu'il me donne le peu d'amour qu'il lui restait. Alors, faute d'amour, j'ai eu le silence et la fuite. J'avais toi et j'avais la danse pour m'envoler et vivre dans cet autre monde que j'avais déjà fait mien. Je me suis réfugiée dans le fugace et l'indécis. L'inconstant. L'école ne m'intéressait déjà pas, trop clair et trop concret, je me serais perdue dans toute cette rationalité.

Papa ne s'en souciait pas, Maman ne le savait même pas, tandis que toi, tu me comprenais. Un jour, je t'ai demandé de ne pas m'emmener à l'école et de m'accompagner voir *Giselle*, qui se jouait dans une salle, je ne sais plus laquelle. Par miracle, tu m'as dit oui, et nous avons passé ce jour-là l'un des plus beaux après-midi de ma vie. Insouciance, rêverie, excitation, passion et rébellion, tous les ingrédients y étaient, et toi, tu m'as permis d'y accéder. Ma sœur, ma complice, ma partenaire de vie. Je n'ai rien laissé te remplacer. Ni l'amour des parents, ni celui d'un homme. Ça aurait été probablement trop pour moi. Le Un, l'unique, c'est déjà beaucoup trop.

Plusieurs, par petite dose, par petits pas, c'est bien assez pour moi. Je ne suis ni faite pour partager, ni pour me partager. Je crois que je n'ai rien à donner, si ce n'est le vide qui rythme ma vie et lui donne une illusion de sens. Ce vide qui me justifie, prend tout l'espace et ne laisse aucune place au reste. Ce reste si précieux que toi tu as su saisir.

Ma vie est un acte manqué à elle seule, et je me demande parfois si j'aurais dû être de ce monde, si l'on m'a voulue et si l'on m'y a vraiment conviée. J'imagine Papa, émerveillé par sa petite perle aînée, toi, voulant à tout prix récidiver. Maman, perdue et éperdue, qui l'aurait suivi dans ses lubies de *seconde chance,* de réplique fantasmée. Elle m'aurait donc fait naître à l'improviste, à la hâte, par hasard ou par défaut, pour satisfaire l'envie de Papa, mais sans véritablement le vouloir. J'imagine que ça s'est passé comme ça, mais je crois que même eux ne le savent plus vraiment. Ça s'oublie vite, les ratés.

Mais toi, je sais que tu m'as accueillie avec tendresse et joie. On me l'a raconté maintes fois, comme pour me rassurer et me donner un peu de légitimité, un peu de valeur sans doute. Voilà pour qui j'ai été faite ! Déjà, tu n'étais pas une sœur comme les autres. Aucune jalousie, aucune crainte d'ombrage, aucune rivalité, tu savais que tu étais la bien-née de nous deux et que jamais tu n'aurais été destituée. Tu avais l'amour qui a fait naître la confiance, la précieuse, celle qui protège et rend fort à la fois.

Comment c'était, du temps de Papa et Maman ? Du temps de l'union parentale, de la chaleur familiale où je n'étais pas là, et de l'amour inconditionnel ? Je crois me souvenir d'un temps où Maman regardait avec toi à la télé une trilogie chaque samedi soir. Vous riiez ensemble comme deux copines tandis que moi, exilée dans la chambre à côté, abandonnée à ma jeunesse trop prononcée, je reproduisais vos éclats et votre complicité avec mes poupées. Mon jeune âge m'a toujours isolée, d'eux, de toi, je n'ai jamais été à la bonne place, toujours en retard, jamais à point.

Je me rappelle aussi qu'à cette époque lointaine, Maman avait encore quelques formes. Une belle poitrine maternelle, comme en ont la plupart des mamans. Un peu, du moins assez pour se blottir parfois contre elle. Je nommais sa poitrine « coussins charnels », c'était ma façon de me familiariser avec ses ondulations mystérieuses et obscures qui allaient me guetter un jour et que je ne voulais déjà pas avoir. Deviendrais-je comme elle ? Elle ne m'a jamais parlé de rien, et je n'ai jamais rien espéré. C'est peut-être une bonne chose que Maman, Irène, n'ait jamais rien créé, j'aurais eu trop de mal à m'en séparer. Il paraît que la séparation d'une mère est la pire de toutes. Je n'en sais rien, moi, je ne connais que celle d'une sœur. Irène. Cette femme lointaine qui vivait pourtant sous le même toit. « Irène ! » N'appelle-t-on pourtant pas sa propre mère « Maman » ? Elle ne réagissait pas lorsque je t'appelais parfois « Maman ». Elle souriait seulement, gênée sans doute de voir Papa un peu affecté. Pauvre Papa, il n'a pourtant pas su comment m'apprendre à appeler notre mère autrement.

Irène, notre sorte de sœur dont il fallait s'occuper et prendre soin. Et toi, devenue la mère par défaut, tu étais déjà sur tous les terrains.

C'est drôle, tout ce lointain passé, encore plus lointain que le passé, que je m'étais obligée à ne pas me remémorer, le voilà qui ressurgit avec une facilité et un naturel si perturbant. Je ne sais pas exactement ce que ça produit chez moi, je suis juste curieuse de ma vie d'autrefois, de moi au passé, de nous avant. Plus je t'écris, plus je lis dans ma mémoire. Je t'écris à mesure que je me souviens, je ne sais toujours pas pourquoi j'ai commencé maintenant, mais je sens comme un dernier élan, une dernière pulsion qui consiste à toujours regarder en arrière avant de sauter dans le vide. Le vide que tu me tends. Pourquoi le passé ? Parce que le futur m'effraie et que je ne peux pas avancer, alors je recule. Et puis, durant toutes ces années, on n'a jamais vraiment parlé, ni de tout, ni de rien, alors ce passé a filé, il nous a échappé. On se voyait beaucoup, on s'entrevoyait, c'est tout ce qu'on arrivait à s'infliger. Se voir sans se parler, un cas familial ordinaire, un classique, une banalité de plus dans toute cette absurdité.

Quel dommage, n'est-ce pas, si seulement on avait su avant ?

La mort a ce pouvoir de délier le silence, de faire parler les cœurs et ranimer les souvenirs passés.

Je ne te l'ai jamais dit, car je ne l'avais moi-même pas compris, mais toute ma vie, je t'ai aimée pour deux, comme une mère et comme une sœur. Et bientôt, ma perte sera double, et c'est donc moi qui aurai besoin de ton fils, car moi, je perdrai ma sœur et ma mère à la fois.

Si j'avais su qu'on pouvait aimer sans fuir, aimer sans souffrir et sans mentir, je t'aurais alors peut-être déjà tout dit. Plus tôt, plus vite.

Si j'avais su que tu m'aimais comme je t'aime, alors peut-être que je t'aurais mieux aimée. Plus fort, plus vif.

L'amour intimide à mesure qu'il envahit. On naît avec une sorte de contenant intérieur d'amour dont on ne sait pas vraiment quoi faire. Un seau plein d'amour, qu'on se doit de verser un peu partout, et puis on se demande combien de temps il va tenir, le seau, et s'il en restera encore, de l'amour. Pour combien de temps ? Et puis trop encombrant, parfois il faut bien en garder un peu pour soi. Moi, je t'ai aimée d'emblée, et pour toujours, mon seau pour toi est infini, jamais il ne s'est vidé.

Mais pourquoi devais-je donc attendre la fin pour te le dire ? À mesure que t'écrire me soulage vient désormais le regret. Je t'en veux de m'avoir laissée autant t'aimer sans me prévenir qu'un jour il faudrait s'arrêter. La danse ne suffit pas, elle ne suffira plus. Ce substitut d'amour vaut le temps d'une cicatrice, pas d'une blessure fatale. La danse, c'était aussi pour toi. Si je ne danse plus pour toi, alors pour qui ? J'ai très vite vu que lorsque je dansais, tu étais presque fascinée. Petite déjà, j'accompagnais souvent Papa de mes petits pas de danse, qui jouait parfois au piano, et plus je virevoltais, plus ton regard s'intensifiait. Je crois que tu m'en aimais un peu plus, oui. Puis, parfois, lorsque je tombais, tu accourais pour me récupérer et tu me serrais fort dans tes bras comme si j'étais ton enfant, et je me sentais enfin bien dans les bras de quelqu'un. Maman n'a jamais su câliner, et Papa, lui, n'osait pas. Parfois, je faisais exprès de tomber, rien que pour savourer ce petit moment volé. Tu prenais le temps de me donner ton temps. Mes chignons, mes étirements, mes répétitions, mes spectacles, mes essayages, mes endurances, mes souffrances, mes angoisses et mes blessures. Tu me coiffais soigneusement, telle une poupée précieuse, et tu soignais mes pieds, souvent ensanglantés, feignant de ne pas être affolée. Et pourtant. Pourtant je te causais bien des frayeurs, comme une mère inquiète, mais je crois que j'aimais un peu ça.

C'est donc instinctivement que la danse m'est apparue comme une évidence, l'unique moyen de susciter le regard et l'admiration de l'autre. De toi.

Ne t'ai-je donc jamais non plus avoué que je ne dansais que pour toi ? Ne t'ai-je jamais confessé ma médiocrité et mon incompétence à aimer ? Je n'aime que les absences, et je n'aime qu'en souffrance. J'aime la danse à mesure que je l'éprouve. J'aime la vie à mesure qu'elle m'horrifie. J'aime les hommes à mesure que je les fuis. Mais ça, je n'avais pas besoin de te le dire, tu l'as toujours senti. Tu m'as constamment questionnée sur mes amours, si j'avais quelqu'un dans ma vie, ou ne serait-ce que dans mes pensées. Mais même mes pensées n'ont jamais été assez généreuses pour y accueillir qui que ce soit. Depuis l'adolescence, depuis que j'ai été seule pour vivre, j'ai pris l'habitude de te mentir, comme une fille ment à sa mère pour la rassurer. J'ai toujours trouvé un prénom à te donner, des sentiments, des histoires à te raconter, pour te faire sourire et te tranquilliser. Je crois que j'ai trop voulu aimer, trop voulu donner, trop vite, trop fort. L'amour, être avec l'autre, on l'apprend en étant aimé, moi je ne l'ai jamais vraiment été. Après ton départ, j'ai été très esseulée, privée de cet unique amour qui me berçait et me rassurait.

Je crois que j'en veux aussi un peu à Papa. Un père n'est-il pas supposé donner une quantité d'amour suffisante à sa fille, un capital d'affection décent pour qu'elle sache comment être aimée plus tard… par un autre homme ? Il ne m'a jamais prémunie de rien, c'était pourtant son devoir, et il n'en a rien fait. Il m'a laissée, sans même avoir essayé. Est-ce si rude d'avoir une fille ?

J'ai donc affronté les hommes avec cette fragilité due à cette insuffisance d'amour, celle qui ne m'a jamais quittée depuis, et qui a déterminé qui je suis aujourd'hui.

« Déterminé », oui, parce qu'il est bon et réconfortant de se réfugier dans la complaisance. La détermination a toujours eu du bon.

Déjà enfant, j'étais faussement sage et ridiculement prude, il fallait que je joue à ce que je détestais être. Et puis les jeux du corps se sont enfin révélés, j'y ai goûté, devenant ainsi une insatiable créature en quête de corps, de chair, de charnel, à défaut d'avoir un cœur. Conquête après conquête, je satisfaisais mes envies sporadiques, capricieuses et inconstantes, fuyant la constance et le solide. Le durable, le vivable.

Mes seules histoires ont été celles du corps, délaissant celles du cœur. J'ai fait l'amour au rythme de mes malaises, comme lorsqu'on angoisse, le soir, la nuit en cachette, honteusement, sans faire de bruit. J'ai fait l'amour pour m'épargner, le sexe rapproche les corps mais éloigne les cœurs. Les êtres.

Je t'avoue tout, là, comme ça, à mesure que je m'avoue. Jamais je n'aurais voulu y penser, jamais je n'en aurais parlé, jamais je n'aurais pu avouer.

Attends ! Attends encore ! Il ne faut pas que tu meures sans que je t'aie tout raconté. J'ai encore besoin de te raconter, de m'alléger, de dire mon histoire.

Un peu.

Ta petite sœur a été une nymphomane désabusée, qui doit sentir son corps de jour comme de nuit. La danse, le sexe. Le jour, la nuit. Fuir le vide à tout prix, le combler, puis le vider. Encore.

Avant-hier matin, après m'être extirpée d'un lit quelconque où j'avais lamentablement terminé la nuit, je marchais, soulagée d'être partie mais aussi meurtrie d'être déjà trop restée, et je me demandais s'il y avait autre chose chez moi qu'un corps qui pouvait m'éveiller. Oui, des éveils à la vie, des pulsions vitales qui nous sauvent de la décadence, de la déchéance. Puis, honteuse, j'ai pensé à toi. Toi qui ne sens plus, ne ressens plus et ne vis la vie qu'à travers la contemplation. La rêverie. Le fantasme. L'imaginaire. Et après tout, c'est peut-être plus beau, plus libre, je crois.

Finalement, c'est moi l'esclave d'un corps qui règne sur mes sentiments, mes envies, mes pulsions et mes impulsions. Toi, tu es une affranchie.

Je t'ai enviée, encore une fois !

Et puis, plus du tout. C'est vrai, tout se contredit toujours lorsque je pense à toi. Qu'est-ce que tu ressens ? Qu'est-ce que tu désires ? À quoi tu penses ? Qu'est-ce que tu imagines ?

Imaginer, rêver, ce sont les seuls pouvoirs qu'on ne t'enlèvera jamais.

Mais sais-tu encore la chaleur torride d'un corps humain ? Celui d'un homme sur le tien ? Peux-tu encore l'imaginer, ce simple corps nu, ce corps-à-corps cru, que la nudité sans les mots bouleverse en moi ? Moi je n'aime pas les mots des hommes, j'aime leur silence et leurs caresses qui l'accompagnent. J'aime la chair, la vorace, l'affamée. Celle qui dévore. Je n'aime l'homme que charnellement, le reste me dégoûte. Je n'ai aucun ami homme, et je n'en vois presque jamais dans mes journées. Ils n'apparaissent que la nuit, dans le mystère et la confusion nocturne. Seul le pianiste de la troupe fait office de figure masculine à mon quotidien. Mais il me semble qu'il est homosexuel, et surtout très timide. Il ne parle jamais, et ne se mêle que très rarement à la horde féminine et bestiale que nous représentons pour lui. On l'effraie, bien sûr. Je n'ai jamais essayé de lui parler, il ne m'intéresse pas, je le sens déjà. D'ailleurs, je ne parle que très rarement aux hommes en général. Ils m'ennuient tous, à mesure que je les méprise.

Je me souviens qu'un jour, tu m'as fièrement dit qu'Alexandre te lisait des poèmes chaque soir depuis votre mariage. Tu vois, moi, eh bien, ça m'écœure. Ce petit rituel sirupeux, cette fusion, ce don évident, ce partage intentionnel. Ça m'épuise et m'ennuie avant même d'y avoir goûté. Parfois, j'essaye d'imaginer comment il te fait l'amour. Te connaissant, tu ne dois pas être très difficile à contenter, toi qui n'attends jamais rien de personne. Enfin, je devine, je suppose, car toi et moi n'avons jamais parlé ni d'amour, ni de sexe ensemble. C'était déjà trop fort pour nous qui préférions les légèretés puériles et les accords polis. Je te disais ce qui t'accommodait, tu me cachais ce qui m'intimidait, c'était l'équilibre parfait. À nous deux, nous nous préservions d'une vraie discussion, celle qu'on pensait avoir plus tard, celle qui serait venue avec le temps, celle qu'on aurait peut-être eue naturellement. Le temps, on n'en a jamais vraiment, les moments s'enfuient au rythme de la vie. Tout passe. Et toi aussi.

Si j'avais su que la vie était aussi capricieuse qu'absolue, aussi foudroyante que brutale, peut-être aurais-je alors su saisir ce temps qui passe et qui étiole la vie. Si j'avais su qu'une sœur n'est pas éternelle, qu'une sœur peut partir, peut-être t'aurais-je mieux comprise, peut-être aurais-je mieux cherché. Si j'avais su que la mort était aussi facile, aussi proche, aussi limpide, je l'aurais pris, ce temps, pour te parler.

Comment raconte-t-on à sa sœur finissante ses amertumes et ses absences ? Ses manques et ses blessures ? Comment décrit-on le vide d'amour ? On sait décrire l'amour, on sait le crier, le chanter, le danser même. Mais le manque et la perte d'amour, ça, je ne sais pas. Peut-être qu'il n'y a pas de mots pour ça, et que c'est mieux de le taire. Dire les choses, c'est les faire exister. J'ai refusé de dire le manque, de le nommer pour l'étouffer.

Je suis ta sœur, l'être le plus proche de toi, et je n'ai pourtant jamais rien su de tes sentiments, de tes douleurs ni de tes joies, ni les grandes, ni les remarquables. Je n'ai connu que l'admissible et l'acceptable. Le moyen, le suffisant, le tolérable. Je ne t'ai jamais connue vulnérable, jamais faible, jamais en peine. Et lorsque je te vois prisonnière sur cet odieux fauteuil et ce lit près de cette fenêtre, je ne te vois plus. Je n'y arrive plus. Je refuse de tolérer cette chute qui ne cesse de s'intensifier. J'ai dit à Jeanne que je passerai te voir demain, ou peut-être lundi. Si tu savais comme j'ai peur de te voir chaque fois. C'est un véritable monstre qui t'habite et te dévore de l'intérieur ! J'ai peur de te regarder, avec faiblesse ou indulgence, comment ne pas juger ? J'ai peur de te voir amoindrie, encore, et de te voir t'en aller un peu plus vers cet autre monde insensible et ingrat où les corps n'existent plus. Le tien y est déjà, dans ce monde où il n'y a pas de place pour moi qui ne suis qu'un simple corps. Tellement corps que mes émotions ne vivent pas. Ne peuvent pas y survivre. Je te l'ai avoué, déjà, je n'ai jamais été amoureuse, ni même heureuse je crois. Mais l'est-on vraiment un jour ? Lorsque je jonglais d'un garçon à un autre, tu me demandais toujours, avec précision, ce qu'il en était de mon cœur, comment il allait, et à qui il pensait. Comme s'il était indépendant de moi, comme si lui vivait et moi pas. Amorphe du monde, j'étais déjà bien fatiguée, et je n'ai jamais su quoi te rétorquer. Sourire, sourire muet, comme toujours chez nous.

Il y a quelques mois, je t'en ai présenté un, Charles, pour te contenter, te rassurer, toi la mère inquiète et la grande sœur aux aguets. Je me souviens de ton regard, il s'était instantanément adouci et apaisé. J'avais le sentiment immensément réjouissant de te rendre heureuse, enfin, de te satisfaire d'un bonheur que tu voulais pour moi et que tu me concédais par défaut. Je te donnais enfin ce que tu attendais, toi ma sœur toujours inquiète. C'était en fait il y a plus d'un an. Mon Dieu, comme le temps passe, car je me souviens qu'à l'époque, les jours étaient encore doux et heureux, tout était encore clair et apaisé, et nous ne savions pas, nous n'imaginions pas encore l'inimaginable. Oui, on ignore la beauté tant que l'on n'a pas connu l'atrocité. Tu étais encore toi oui, la fin de toi, mais nous ne le savions pas.

Charles t'a tout de suite plu. Grand et élégant, brun un peu clair et les cheveux en arrière, impeccablement soigné et adorablement doux. Et c'est cette douceur stupéfiante, cette gentillesse presque suspecte, qui me rendait le plus fière. Fière de lui, fière de moi, fière de l'avoir et d'être aimée par lui. « Mais, Aurore, l'important n'est pas d'être aimée. Ce qui importe, c'est d'aimer. Est-ce que tu l'aimes vraiment ? » m'as-tu demandé avec cette fausse naïveté que tu savais déjà si bien simuler. Touché-coulé ma sœur, tu l'avais vu et tu m'avais eue. Tu le savais, et moi je pensais te tromper.

Non, bien sûr que je ne l'aimais pas. Je n'en ai pourtant aimé aucun autre avant. Ou alors peut-être que je ne le savais pas, que je ne sais toujours pas, et que l'amour, finalement, ce n'est que ça.

Je crois de toute façon qu'il faut du temps pour l'amour, et que je n'en ai pas assez. Il faut aussi de la force et de la témérité, que je n'ai pas non plus. La seule chose que je sais faire, que j'ai, je crois, toujours su et aimé faire, c'est danser. Faire de la danse à défaut de faire de l'amour. Tourner et virevolter, pirouette, pas de bourrée. Plié, tendu, relevé, tourné, posé. Pas chassé, jeté et retiré... C'est ce qui maintient mon corps et ma vie. J'aime le mouvement, j'aime l'insaisissable, j'aime le vent qui s'accompagne. J'aime le flou et la discipline, le rigoureux et l'expressif, j'aime le don et la solitude, donner sans devoir partager, j'aime affronter et m'abandonner. J'aime l'intouchable et le fugitif. J'aime le bruit pour ne plus m'entendre, j'aime la légèreté pour ne plus me sentir, j'aime me perdre dans le chaos de l'espace. J'aime le néant qui y vit, et j'aime faire corps avec lui.

La plénitude et l'absolu, l'échappatoire de la danse qui me sauve. Il n'y a pas de place pour un homme dans ma vie, ni pour l'amour dans mon cœur, ni d'un enfant dans mon corps. Parfois, dans mes angoisses nocturnes, j'imagine que mon corps serait incapable de supporter de porter la vie, le trop-plein de vie, et puis finalement, ça me rassure. Je crois d'ailleurs que si j'aime tant Elie, c'est parce que ce n'est pas le mien, c'est l'enfant que je n'aurai jamais, l'enfant que j'ai décidé ne jamais être capable d'avoir. Je l'ai très vite su, et l'ai tout de suite aimé. Je l'ai même dit à Charles en lui présentant Elie. Je lui ai dit, oui, que notre amour serait stérile, et qu'il pouvait me quitter quand il le souhaitait, comme les précédents l'avaient fait. Un couple stérile, c'est un couple sans promesse, sans avenir. Un couple stérile, c'est un couple égoïste et vide. Un couple pour le couple, comme le sexe pour le sexe, le rien, quoi. Ça n'a pourtant pas suffi à ce qu'il me quitte. Au-delà de tout ça, je crois bien qu'il m'aime. Il m'aime individuellement. Il aime m'aimer, il s'aime m'aimer, et son amour lui suffit pour le combler, lui. Cette adoration égotiste qui ne pense qu'à lui, ça me dégoûte. Il ne se soucie pas de mon amour à moi, il est heureux avec le sien, point.

Mais le mensonge que je lui ai dit, je l'ai longtemps fantasmé, oui. Depuis que mes règles ont disparu, je ne pouvais être qu'impuissante et fémininement stérile. Et puis, elles ont réapparu, me rappelant que je ne suis pas dans les règles et que ma vie est un gigantesque dérèglement. Puis re-disparu.

Je ne vais pourtant pas chez le médecin, de peur qu'il mette fin à mon échappatoire fictive et m'annonce que je suis fertile. « Non, mademoiselle, tout va bien, vous pouvez parfaitement procréer, être mère quand vous le souhaitez, je suis navré de vous l'apprendre. » J'imagine la redoutable scène. Je ne veux pas le savoir, et si je ne sais pas, alors je ne peux pas.

Et puis ce mot, « procréer », quelle appellation grossière et arrogante pour signifier faire un enfant. C'est grotesque, ça m'écoeure, comme une petite fille à qui l'on montre son anatomie. Je suis une danseuse, moi, pas un animal, pas une machine à se reproduire. « Se reproduire », mon Dieu, que personne n'ose jamais me reproduire, ce serait si terrible. Non, non. Je ne veux pas et je ne peux pas. Le seul et unique enfant que je veux voir grandir, à qui je veux donner ma tendresse et mon amour, c'est le tien. Elie, mon petit biscuit. Il n'est fait que d'amour, dans lequel tu l'as soigneusement baigné depuis sa naissance, ce qui fait de lui la personne la plus aimée et aimable ici-bas. Moi je ne suis pas aimable, on ne m'a pas assez aimée pour que je puisse l'être un jour.

Depuis que je lis tes mots pour lui, j'ai la jalouse envie qu'ils soient pour moi. Je simule, je fais semblant, je joue à être lui le temps de les lire. C'est bon. Il aura été si chanceux de t'avoir eue comme mère, d'avoir eu ta chaleur et ton amour, et depuis que je te vois en chemin pour t'en aller, je me suis promis qu'il en soit toujours ainsi. Oui, j'essaierai de l'aimer autant que tu l'as fait. On l'aimera tous certes, encore plus, encore plus fort. Mais moi, je l'aimerai encore mieux. Elie, ça sera comme mon toi. Mais déjà tout le monde veut se l'approprier, tout le monde veut mettre la main sur lui comme s'il était déjà orphelin. C'est évident, puisqu'il rend heureux tous ceux qui l'approchent. C'est une lumière, un petit soleil, qui ne voudrait pas vivre avec le soleil ?

Je n'ai plus la notion du temps lorsqu'il s'agit de restituer les instants marquants ou indifférents, mais il me semble qu'avant de partir en tournée pour cette fameuse Russie, j'ai croisé Maman par hasard, et j'ai été marquée par son regard adouci. Avait-elle croisé celui d'Elie ? Lorsque je suis rentrée, je l'ai vue lui parler, lentement et tendrement, et pour la première fois, je voyais une mère. C'était troublant, j'ai presque pris peur. Je venais te dire au revoir, et tu ne m'avais pas prévenue qu'elle était là, autrement je ne serais pas venue. Jeanne m'a dit qu'Elie dormirait chez elle le soir, et j'en étais affolée. Lui donnerait-elle bien à manger ? Lui ferait-elle faire ses devoirs correctement ? Aurait-elle assez de forces pour le porter ? Toutes les heures qui suivirent mon départ furent une réelle torture et je me découvris des instincts maternels que j'avais ignorés jusqu'alors. Ou réprimés. Comment as-tu pu le lui laisser, à elle ? Comme une sorte de préambule, d'introduction au futur sans toi, tu as déjà capitulé. Non, elle ne le gardera pas, jamais ! Elle n'a jamais su être mère, jamais su être aimante ou attendrissante. Tu n'as pas le droit de lui confier quoi que ce soit, et encore moins Elie !

Ce jour-là, j'ai appelé Papa tout l'après-midi pour vérifier, puis la soirée, et il faut croire que ton malheur aura réveillé les instincts enterrés et insoupçonnés de Maman. À défaut d'avoir su être une mère, la voilà maintenant grand-mère.

Je ne suis pas jalouse, non, j'ai juste mal. C'est mon enfance vide que j'ai revue, là, en le voyant prendre ma place sans le vouloir. Chaque fois que je la vois jouer avec Elie, j'ai le sentiment d'avoir été eue.

Je suis comme une sculpture de glaise que l'on a posée près d'une cheminée, qui s'échauffe, surchauffe et qui fond. Lentement et insidieusement, avant de s'effondrer complètement.

Ou bien un feu, qui gèle progressivement, qui se cristallise tandis qu'il éclate encore de ses flammes. Ses flammes de jeunesse et de vie. Je ne sais plus si je fonds ou si je me pétrifie.

Ce matin, j'ai remarqué que toute ma main s'était paralysée. Ça y est. Ma main droite tout entière, déjà. Hier pourtant, elle se mouvait encore un peu, et ce matin, la voilà endormie à jamais. Toute la main à l'exception de l'auriculaire. Quelle bonne nouvelle ! Et qu'est-ce qu'on peut bien faire d'un seul et unique auriculaire ? Ce doigt n'est utile que lorsqu'il est connecté à ses pairs. Alors, en le voyant remuer fébrilement, j'ai souri, à défaut de rire, ou de pleurer. Puis j'ai appelé Elie, pour faire un « bras de fer chinois » en substituant le pouce par l'auriculaire. Pic d'inspiration, comme il m'en vient souvent depuis que je suis chaque jour un peu plus enrayée. Oui, il faut de l'imagination pour continuer à vivre, mais on s'y habi-

tue vite. Notre bras de fer était drôle, presque ridicule, mais j'étais fière et soulagée de montrer à mon fils que je pouvais encore faire quelque chose avec lui. Que je suis toujours sa partenaire, son acolyte, car depuis que je me momifie, il ne joue qu'avec les autres. Cette sclérose qui éteint chacun de mes membres un à un veille à ce qu'il ne me reste plus rien. Comme si Elie l'avait senti, il ne veut pas me mettre dans l'embarras. Ou peut-être qu'il a peur. Je ne sais pas, je ne lui en parle pas.

Cette Vermine m'aura eue jusqu'au bout. D'abord pliée, puis assise, alitée ensuite, pour finir par être condamnée et abandonnée par moi-même. Le comble. La Vermine a tout de même la générosité diabolique de me laisser ma raison et mon esprit, et de me laisser ressentir cette décadence physique et fatale. Pour être bien consciente de tout le Mal, de toute la douleur et l'effroi qu'un être peut ressentir sur Terre, j'ai le privilège de garder toute ma tête et tout mon esprit. J'aurais été bien plus heureuse si j'avais perdu la tête au rythme où je perdais mon corps. Accablée jusqu'au bout, la conscience qui me reste me fait vivre pleinement ma condamnation. Si j'avais eu la chance de perdre ne serait-ce qu'un tout petit peu de raison, un brin de sens et de conscience, cela m'aurait rendu cette vie plus acceptable, plus vivable. Je n'aurais plus eu d'envies, plus de goûts ni de dégoûts. J'aurais accepté d'être une condamnée puisque je ne l'aurais pas vraiment réalisé. Légume, j'aurais été ainsi moins regrettable, et je serais partie sans faire d'histoires. On aurait été soulagé, d'abord pour moi et puis, surtout, que je ne sois plus un poids.

Le corps et l'esprit devraient mieux se parler et s'accorder.

J'aurais dû être danseuse, tiens, comme ma sœur Aurore. Les danseuses sont en communion permanente avec leurs corps, elles, et cette union sacrée aurait probablement triomphé et je serais partie au bon moment. Au lieu de ça, je subis cet absurde et intolérable abîme qui me scinde tout entière, entre moi et moi-même.

Chaque jour qui passe m'apaise et me tourmente un peu plus. Cela ne veut rien dire, et pourtant c'est ce que je vis. Ai-je l'air tourmenté ? Ai-je l'air apaisé ? Mais de quoi ai-je bien l'air ?

L'expression de mon visage se figera bientôt, elle aussi, au même rythme que la Vermine. Je crois que j'ai plus peur de la douleur que de la mort, comme si elle ne venait que pour soulager tout le mal enduré. La mort devient salutaire, la mort que j'attends, la mort qu'on me prend. Combien de temps me reste-t-il avant l'apogée léthargique éveillée ? Celle qui précédera la mort et qui me volera le souffle avant de me voler la vie ? Le corps empâté, tandis que l'esprit reste éveillé. La torture, pire que la mort elle-même. Mais pourquoi donc me laisse-t-on vivre ce supplice ? Au nom de quoi, au nom de qui ? L'amour de la vie ? C'est un mensonge, car je ne vis plus depuis bien longtemps.

Il paraît que je serai alimentée par un tube, d'eau, de nourriture et de souffle. Je serai une femme sous tube, entubée jusqu'au bout, et personne ne semble s'en inquiéter. Depuis que j'ai vu ce tube traverser le cou de cette femme malade l'autre jour, lorsque j'étais à la clinique, je ne pense plus qu'à ça. J'en fais des cauchemars éveillée. Oui, éveillée. Car il n'y a plus de frontière entre mon sommeil et mon éveil, mon esprit vacille entre le jour et la nuit.

Lorsque j'ai vu cette femme à la clinique, dont j'ignore tout mais dont je me sens si proche, j'ai réellement senti ce qui m'attendait. En la regardant longuement, sans même lui parler, je me suis résignée et j'ai accepté. Un tube lui donnait le souffle dont elle manquait, un autre l'alimentait, elle ne bougeait plus et pourtant, elle me regardait. Son regard était encore vif, ses yeux respiraient l'intelligence et l'esprit. Elle aussi, emplâtrée consciemment, elle avait l'air de penser, de penser même intelligemment !

Que peut bien être une vie lorsqu'on ne peut plus parler, manger, ni respirer ? Je ne parle même pas de rire, pleurer ou danser, ça, ce sont des artifices bien trop orgueilleux auxquels j'ai, depuis longtemps, déjà renoncé. Non, je parle de la simplicité du vivant, les rudiments. En la voyant, j'ai compris que j'étais comme elle, que j'y tendais, mais je refuse de finir comme elle. Une morte vivante. Non, je ne veux pas mourir déjà morte. Je veux mourir encore en vie.

Cette main abattue ce matin m'a rappelé que je disparaissais de plus en plus. C'est drôle, mais je n'ai pas eu peur. J'étais soudain pressée. Pressée de vivre, encore un peu, encore mieux, tant que je le peux. J'aime que ça aille vite, je me dis que ça me laissera moins de temps à le vivre, à le subir et que, très vite, tout sera fini. Enfin.

À mesure que j'apprends à mourir, j'ai l'impression de savoir vivre. Maintenant, je crois que je sais vivre, oui. C'est tragique de l'apprendre si tard, trop tard, mais comment aurais-je dû vivre, lorsque j'étais encore pleinement vivante ? Comment peut-on profiter lorsque l'on ne sait pas que nos jours sont comptés ?

Peut-être qu'écrire fera de mon agonie silencieuse un enseignement, puisque, après tout, les écrits restent et resteront à jamais, eux. Les êtres humains sont comme les paroles, ils disparaissent comme ils sont apparus, après avoir produit quelques effets aussi inutiles qu'insignifiants, ils s'en vont comme ils sont venus. Sur cette Terre, rien ne reste, mais les mots, eux, subsistent et triomphent. L'écriture est immortelle. Voilà pourquoi j'écris, pour me donner de la vie.

Chaque jour qui passe me rappelle cette fin que j'attends patiemment, seule, et pourtant toujours entourée. En perdant mes membres, j'ai perdu mon intimité. Chaque mouvement est soumis à la haute instance des « valides », de ceux qui sont en bonne santé, les vivants, les vrais. Je ne contrôle plus aucun de mes gestes depuis longtemps, ni aucune de mes envies. La vitesse à laquelle je veux lire un article ou la page d'un livre, regarder un film, un site, ou simplement le regard que je porte à un objet. Tout est surveillé, tout est accompagné, assisté, je ne suis jamais seule, je me sens en permanence épiée et étouffée. La solitude me manque tant.

La dernière fois que j'ai voulu me maquiller, prendre ce petit plaisir qui rythmait mon quotidien de femme, j'ai lamentablement échoué. C'était il y a trois semaines. C'est finalement Alexandre qui a pris le relais, ce qui est pour moi le comble de la déchéance féminine. C'est pour lui que je me suis toujours préparée, maquillée, que j'ai toujours voulu être belle. Voir les dessous, les coulisses, c'est presque humiliant.

Et pourtant, mon Alexandre est adorable, de plus en plus patient, il met toujours beaucoup d'attention dans ce qu'il fait pour moi, dans ce qu'il fait à ma place. Depuis, c'est lui qui, chaque jour, me maquille. Pour lui. Il me dit que je n'en ai pas besoin, mais j'insiste, je veux garder un semblant d'avant. C'est notre rituel à nous, c'est comique et triste à la fois. J'ai remarqué qu'il prend toujours soin de mettre plusieurs couches de mascara, il tire sur mes cils comme pour en faire des ailes. Je crois que ça l'amuse, ou que ça l'apaise, tandis que moi, ça me mortifie toujours un peu plus. Je voudrais tant me remaquiller ! Ce petit plaisir féminin pour lequel j'ai patienté près de quinze années et qui, d'emblée, m'a fait me sentir belle et puissante me manque terriblement. Le jour de mes quinze ans, je me suis sentie exister, et encore une fois, j'ai été amputée, déchue de mon privilège féminin. Comme si ça ne suffisait pas, je dois apprendre à mon mari comment maquiller sa propre femme. Quelle injustice. Pour lui comme pour moi.

Toute cette imposture doit cesser. Il le faut pour tout le monde.

Si seulement j'avais un peu plus d'imagination, j'aurais su depuis bien longtemps comment mettre fin à tout ça, avant que cette turbulente décrépitude ne s'empare de moi. Aujourd'hui c'est trop tard, et seule, je ne peux plus rien faire.

Il y a quelques jours, j'ai demandé à Maman, l'air de rien, comment elle aurait mis fin à ses jours si elle avait le choix. Paradoxalement, c'est à ma mère que j'ai demandé, à celle qui m'a donné la vie. Elle qui n'a jamais vraiment aimé la vie et qui a toujours semblé préférer la mort. Elle qui a toujours joué entre vie et mort, sans penser à choisir, sans y penser tout court. D'instinct, j'ai donc demandé à la bonne personne.

Elle n'a évidemment pas relevé, faisant semblant de ne pas avoir compris de quoi je parlais. Je le savais, mais il me fallait à tout prix essayer.

De toute façon, je ne peux plus aller bien loin, quelle crainte y a-t-il à avoir d'une question aussi absurde venant d'une paralysée ?

En tout cas, je trouve qu'elle va mieux. J'ai l'impression qu'elle prend un peu de poids depuis quelque temps. Tout comme Aurore, il me semble. Un peu de chair, un peu de vie. J'ai cru la voir prendre en rondeur et perdre en rudesse. Moins absolue, moins rêche, plus douce, plus harmonieuse. Elie m'a dit qu'elle mangeait des caramels avec lui. J'ai du mal à y croire, elle qui n'a jamais mangé un seul de mes caramels depuis notre enfance, la voilà qui enfreindrait soudain ses propres règles. Je crois qu'elle n'a jamais vraiment su si elle aimait ça ou pas, elle savait juste qu'il ne fallait pas. J'ai toujours admiré sa rigueur, sa force et la constance de ses choix. Elle n'a jamais été une petite fille ordinaire, et c'est ce qui en a fait une femme extraordinaire. Petites, nous étions toutes les deux étrangères à la vie, différemment, à notre façon à nous, mais nous partagions cette même nostalgie de ce que nous n'avions pas, ou de ce que nous aurions pu avoir. J'avais déjà progressivement perdu l'attention de mes parents, tandis qu'elle ne l'avait jamais connue. Tristement gaies, nous jouions à être nos parents qui s'aimaient, à être Maman qui mangeait et Papa qui riait. Maman pleine de maternité, Papa plein de joie et les deux qui s'aimaient. Nous jouions aux petites princesses-à-maman, imaginions que nous étions tout pour elle et faisions semblant de faire des bêtises que nous n'aurions jamais osé faire. Leur amour pour nous était si incertain et si fragile qu'il ne fallait surtout pas le brusquer.

On rêvait d'être aimées comme nous-mêmes on voulait aimer.

Aurore a toujours eu cette imagination que je n'ai jamais eue, c'est elle qui orchestrait les mises en scène avec détermination et sérieux. Elle était douée pour jouer, pour croire et faire croire. Elle mentait avec honnêteté. Elle n'aimait déjà pas grand-monde, et pourtant, c'était une petite fille des plus aimables et des plus attachantes. Elle avait déjà trop d'énergie, trop d'amour, trop de vie, trop de tout. Les gens ont peur du trop, j'ai toujours trouvé ça beau.

Aujourd'hui, je la vois se rapprocher de plus en plus d'Elie, comme guidée par l'instinct. Elle se comporte déjà comme une mère pour lui. Je la vois jouer, je la vois rire, je la vois même manger avec lui. Je n'avais jamais connu cette Aurore-là, cette Aurore joyeuse qui revit son enfance à travers mon propre enfant.

Ça m'émeut. Pourquoi a-t-il fallu attendre la fin ? Ma fin ! Je ne connais que trop peu cette Aurore en métamorphose, et ne la connaîtrai jamais, je le sais. Elle sera fantastique et je ne serai pas là pour le voir. Ça ne m'attriste même plus, je me suis habituée à l'idée de ne pas voir la suite de ce qui est en train de se produire. Je m'arrêterai au présent, le futur est déjà trop loin pour moi. Le présent, c'est déjà bien.

Ainsi tout le monde change, tout le monde se met à vivre la vie comme il faut, sans retenue et sans peur. Tout le monde se libère à mesure que je me renferme. On réalise grâce à moi, tant mieux.

Il y a cet élan de vie général et contagieux, qui rend ma mort pardonnable. Au moins, je ne mourrai pas pour rien.

Et puis, il y a Alexandre qui change aussi. Il se comporte de la même manière, mais il sort de plus en plus, il sourit et rit de mieux en mieux. Il tente de s'évader, ou de s'habituer. Il ne parle jamais de l'après, et pourtant je sens que, petit à petit, il s'y fait. Et dans le fond, il s'y fera. Oui, il me le doit. C'est fou, je réalise qu'il est de plus en plus beau, je ne me l'explique pas et je souris à l'idée qu'il veuille encore garder son alliance lorsqu'il sort. J'aime sa fidélité, son dévouement et son amour qui lui passeront aussitôt que je trépasserai.

Je le sais.

Maintenant, la seule chose qui m'apaise vraiment, c'est de voir tout ce monde autour de moi revivre. La mort engendre ainsi la vie, et si seulement je le pouvais, je mourrais dès aujourd'hui. Comme si les forcer à se consacrer à l'amour, à faire attention à l'autre, à être doux et heureux les uns à côté des autres, les ramenait à la simplicité de la vie et à l'authentique. Un élan de vie, une boulimie d'amour, une invasion de tendresse pour moi qui les bouleverse et les voilà tous chamboulés.

Pourquoi seulement maintenant, alors que je vais bientôt partir ? Pour me donner des regrets là-haut. Soit.

Bon Dieu ! Évitez-moi ces dernières agonies que je ne veux pas vivre, les plus mortelles et les plus indignes d'une vie. Mourir est une chose, mais mourir malheureuse, mourir déjà morte, c'est bien là la pire de toutes les morts. Épargnez-moi cette souffrance et laissez-moi donc mourir dignement, en vie, et vivante. Personne ne peut me comprendre, personne ne le veut. Seuls les gens qui souffrent et voient la mort les narguer trop longtemps peuvent ressentir ce que je ressens à présent. Les autres sont trop dans la vie, égoïstes, ils ne voient pas les morts qui meurent lentement.

En te lisant, j'ai l'impression de te trahir. Jeanne me donne tes lettres chaque fois que tu les termines, mais je ne saurais pas vraiment dire ce qu'elle veut que j'en fasse, et pourquoi me les donner à moi. Elle doit savoir qu'Alexandre ne les mérite pas, que Maman est incapable, et qu'Elie est trop petit. Alors il y a moi, à défaut de quelqu'un d'autre, à défaut de mieux, comme toujours. Mais chaque fois qu'elle me donne tes mots, il me semble que je la rends complice de mon crime. Pourtant je lui mens, je lui donne ma parole que je ne lis pas, que je respecte ton intimité, et que je les préserve pour plus tard, pour un jour, pour Elie. Je ne m'explique pas ce mensonge, je pourrais lui dire que honteusement je te lis, et que honteusement j'y prends plaisir. Que ferait-elle ? Arrêter soudain de me donner tes papiers ? Me les donne-t-elle tous vraiment ? Ça n'aurait pas de sens si elle ne le faisait pas. Tes mots sont écrits pour être lus, bien lus, et moi seule sait te lire. Lire tes mots pleins de sagesse et de justesse. Tu comprends la vie comme tu as toujours tout compris. Mais nous, comment allons-nous la vivre, cette vie sans toi ?

En jouant avec Elie la dernière fois que je suis venue le chercher, je me suis surprise à jouer à la maman. Je l'admets, j'y ai pris du plaisir. Ça me rappelle ce que tu décris de notre enfance passée à jouer ce que nous n'étions pas et ce que nous voulions tant être. Lui aussi jouait, il jouait à l'enfant terrible, ce qui était aussi ridicule que grotesque puisqu'il n'y arrivait pas. Cet enfant est trop doux, il ne me ressemble pas. Puis j'ai été prise par un sentiment de culpabilité soudain. Peut-être serais-tu vexée, triste ou accablée à l'idée de voir ton fils être heureux avec une autre femme que toi ? Une autre douceur féminine, celle d'une femme si analogue, et proche de toi. Oh, mais tu sais bien que je ne suis pas vraiment une femme, que je n'ai ni tes formes, ni ta chaleur. Tu sais bien que je n'ai rien de charnel, rien de maternel. Je ne sais pas ce qui rend une femme légitime de l'être, je ne sais pas ce qui certifie ce titre, mais je sais que je n'en veux pas, sois tranquille.

J'ai l'impression que c'est un hasard, une chance ou une malchance, que les femmes comme moi naissent ainsi et ne le deviennent pas. On naît avec cette promesse féminine, et puis on le devient, naturellement, et on le reste.

Moi, je crois qu'à ma naissance, il n'y a jamais eu de promesse.

Je n'ai plus mes règles, encore, depuis des mois et des mois cette fois. Presque huit mois. Je ne sais pas pourquoi mais hier, je me suis fait la frayeur en me disant qu'avec tout ce temps, j'aurais pu avoir un enfant. Il y a deux ans, je ne les ai pas eues pendant près de dix-huit mois. J'aurais pu en avoir deux. La double peine. L'idée d'attendre un enfant m'affole et me répugne, c'est tout ce que je ne veux pas dans ma vie. J'aime me faire peur, j'aime l'idée d'être enceinte, substituée par celle de ne finalement pas l'être, et jubiler de soulagement. J'aime jouer à ce jeu. Du moins, j'aimais. Jusqu'à ce que ce matin le médecin me prescrive des analyses sanguines et que je sois là, dans cet hôpital public à attendre, imaginant que ce pire avec lequel je jouais pourrait bien devenir réalité.

J'aime ne pas avoir mes règles, j'aime être libre de cette chaîne féminine, de cette tyrannie de la fertilité. J'aime être une femme sans en avoir les attributs. Ça ne m'a jamais apeurée, et si je suis allée chez le médecin ce matin, ce n'était certainement pas de mon plein gré puisque ça ne m'avait pas préoccupée.

La vérité, c'est que j'ai eu un malaise, comme j'en ai régulièrement ces derniers temps, mais ils ne m'avaient jamais semblé être trop alarmants. Mais ce matin, je me suis évanouie plus longuement, plus profondément que les jours précédents. Durant un simple exercice à la barre, sans raison apparente, ou du moins pas plus apparente que d'ordinaire, je me suis effondrée.

En prenant du recul et la raison qui va avec, ces deux heures d'exercices quotidiens à jeun, suivies d'un demi-jus d'orange pressé et de cinq amandes pour tenir l'heure d'étirement, étaient peut-être un peu trop rudes. Pourtant j'ai toujours tenu avec cette discipline. Vengeance de ma négligence, mon corps m'a signalé qu'il en avait assez.

C'était bouleversant, moi qui suis si endurante et si forte, moi qui me relève toujours, voilà que je me brisais cette fois pour de vrai. Perte de contrôle totale, mes membres se sont mis en veille, comme auto-mutilés, et ont refusé de fonctionner. Juste assez consciente pour m'en rendre compte, j'ai eu l'impression d'être toi le temps d'un court instant mais qui semblait pourtant être infini. J'étais brusquement abandonnée par moi-même, nébuleuse et confuse ; lorsque j'ai eu assez de force pour me relever, je suis allée vomir le surplus de rien qui vrombissait dans ma gorge, ce liquide blanc qui brûle tant il est acide de vide et de sécheresse. Mais j'avais besoin de me délivrer, comme un trop-plein en moi qui se traduisait par du « rien » que je rendais dans les toilettes du vestiaire. C'était d'une blancheur et d'un diaphane qui avaient le goût amer du sale. J'avais mal, je criais, ma gorge me brûlait, mais je n'arrivais pas à m'arrêter tant cette pulsion de rejet me contrôlait.

Mon corps me parlait. Le corps est d'une sagesse déconcertante.

Lorsque Marie-Laure m'a dit qu'il fallait manger plus pour éviter ce genre d'accident, j'ai eu un tressaillement de contestation, une rage viscérale, une moue de lassitude et un regard de mépris. Qui est-elle ? De quoi parlait-elle ? J'aurais mangé plus si elle ne nous pesait pas sur sa maudite balance chaque mois comme des animaux qui vont à l'abattoir. Si elle ne mesurait pas nos cuisses et nos hanches comme des morceaux de viande. J'aurais mangé plus, oui, si ce justaucorps n'était pas trop près du corps, si ces collants n'étaient pas si collants, et si je pouvais respirer chaque fois qu'elle me regarde danser. Ce tyran du corps, comment peut-elle me dire de nourrir une chair qu'elle a elle-même affamée ?

Rentrer, toujours rentrer, rentrer tout, rentrer les fesses, rentrer le ventre, rentrer tout ce qui dépasse et ne jamais outrepasser. Retenir les bras, maintenir les jambes. Courbé, tendu, étiré, tiré, posé. Je ne lui ai rien répondu, trop affaiblie par cette violente purge forcée. C'est donc à l'hôpital, seule, que je me suis retrouvée. Une heure plus tard, je m'attendais à tout, sauf au pire. À ce pire dont je te parle depuis quelques phrases maintenant. Ce pire qui l'est d'autant plus qu'il n'en est pas vraiment. Un cancer m'aurait presque rassurée, une tumeur à retirer, quelque chose de menaçant à qui en vouloir et contre lequel se battre. Mais contre un enfant, on ne se bat pas. On n'en veut pas à un enfant. On n'a pas le droit, c'est comme ça.

Alors, voilà, la sentence est tombée, je suis là, à t'écrire de la salle d'attente où m'a été annoncée avec un enthousiasme irritant l'effroyable « bonne nouvelle ».

Enceinte. Depuis cinq mois et demi. La folie. L'injustice. L'aberration.

Quel comble pour une femme qui ne vit que par son corps, avec son corps, pour son corps, que d'ignorer ce qui s'y passe, ce qui s'y vit.

Un corps crée, un corps donne, oui, mais il vit et donne aussi la vie.

Je souris lorsque je t'écris, car j'ai l'impression d'être une petite fille qui se confie à son petit journal intime, assise par terre, prostrée, cachée derrière un siège de grand, et qui pense inventer la vie à mesure qu'elle la découvre. Tu vois, cette petite fille, c'est moi, là, assise par terre, car je ne veux pas faire partie de cette salle, je ne veux pas être dans ce monde-là, ce monde de femmes qui… non, je refuse.

Je viens d'apprendre que je n'étais ni maître de mon corps, ni maître dans mon corps. Il me semble que c'est une raison suffisante pour ne vouloir être, à l'instant même, nulle part.

Mais savais-tu qu'on pouvait être enceinte sans s'en apercevoir ? Sans le vouloir ?

Le médecin a d'abord cru que je me droguais, d'où les analyses sanguines. Puis, lorsque je suis revenue, il a ri aux éclats quand je lui ai demandé si c'était grave. Moi qui ai horreur du sang, j'ai dû subir le contrôle complet, avec toutes sortes de détections, dont les « bêta-hCG » et autres subtilités qui m'échappent encore. « Vous ne mangez pas assez, vous manquez de fer, beaucoup de fer, et de magnésium. C'est très mauvais, vous savez. » Il n'est pas très fin ni délicat ce médecin, en même temps, ce n'est pas ce qu'on leur demande à ces machines-là. Ils ruminent le protocole, est-ce que je peux leur en vouloir pour ça ? Ce genre de phrases médicales m'exaspère, à tel point que j'ai envie de jeûner pendant quarante jours et de courir un marathon uniquement pour prouver qu'ils ont tort. Je déteste ces médecins bourrins qui répètent leur refrain comme des disques rayés sans penser que, peut-être, chaque être est différent. Qu'il faut adapter son discours pour chacun et prendre en compte son histoire, sa vie, son quotidien. Rien n'est mauvais pour personne, chacun est différent, et ce qui est bon pour lui ne l'est peut-être pas pour moi. Je connais mes limites, et pour les avoir franchies, j'ai su m'en affranchir. À trop y penser, tout est sujet à être « mauvais ». Trop manger, ne pas manger, danser, courir, rester immobile. La vie elle-même est très mauvaise pour la santé. Bref, je m'insurge contre tout, et ce médecin n'est évidemment qu'un prétexte. Ce qui est sûr, c'est qu'une danseuse enceinte, ça aussi, c'est mauvais. Pour la danse, pour la femme qu'elle est, et pour l'enfant qu'elle ne veut pas.

Et puis, quelle danseuse d'une vingtaine d'années voudrait avoir un enfant ? Quelle danseuse voudrait se suicider ? Pas moi. Je veux qu'il parte comme il est venu.

Trop de pensées se sont soudain emparées de mon esprit, sans que je m'en rappelle l'ordre. Toi, Maman, Elie… et puis j'ai pensé à Charles, en dernier bien sûr, avec un sentiment de dégoût mêlé à celui de l'aigreur, qui, eux, ont envahi tout mon corps. Je suis allée vomir. Encore. Du rien. De l'aigreur, de la rancœur, j'ai rendu ce que je ne voulais pas donner.

Charles. Il m'aurait fait ça, lui ? Cet idiot amoureux, il m'aurait fait violence sans que je m'en aperçoive, avec la complicité de mon corps ?

Cet enfant, qui n'en est pas encore un, est comme un cancer. Il est apparu insidieusement, vicieusement, pour se greffer à moi et chambouler ma vie. Charles voulait un enfant, moi pas, mais mon corps m'a désobéi. Que je m'en débarrasse ou non, j'en garderai des séquelles à jamais. Je le veux déjà mort avant qu'il vive. Voilà. Je veux ta vie contre la sienne.

J'ai honte de tout ce que je t'écris. Mais c'est ce que je t'aurais dit si tu avais été là, à côté de moi dans ce sordide hôpital, à me consoler et à me serrer fort dans tes bras. Oui, tu l'aurais fait, car tu sais que c'est ce que j'aurais le plus désiré. Si je te l'avais dit de vive voix, tu m'aurais dit que c'est un signe de Dieu qui a voulu me sauver et mettre de l'ordre dans ma vie. Qu'il m'offre une richesse supplémentaire, une lumière à ma vie, un sens nouveau. Bref, tu m'aurais trouvé une bienveillance mystique malvenue, et j'aurais probablement continué de pleurer. Tu m'aurais mise mal à l'aise, tu m'aurais embrassée, alors je me serais moquée de toi et de tes bondieuseries qui m'ont toujours exaspérée. On aurait changé de sujet, et ça m'aurait fait du bien. Un peu. Tu crois toujours en Dieu ? Vraiment ? Pourtant, il t'a bien abandonnée, le saligaud. Tu es trop bonne, tu l'as toujours été, avec nous, avec tous, et même avec le bon Dieu, qui te reprend égoïstement.

Moi j'y aurais bien cru, s'il ne voulait pas t'arracher à moi, et s'il ne me donnait pas en compensation coupable ce fardeau que je ne mérite pas. Je veux te garder toi, pas l'enfant, et je veux que ton Dieu reprenne son cadeau empoisonné.

Six mois. Te rends-tu seulement compte ? Ça fait six mois que mon corps n'en fait qu'à sa tête, qu'il simule lâchement et qu'il me ment éhontément. Ce ventre m'a trahie. Je l'ai observé toute la matinée, le fustigeant, le châtiant, le reniant aussi intensément que je le pouvais. Je l'ai scruté jusqu'à ce qu'il me montre ne serait-ce qu'une rondeur, une courbe qui évoquerait la présence d'un être ou d'une quelconque trace de vie. À mon avis ? Il est déjà mort. Personne ne peut vivre dans ce corps, personne ne supporterait ce ventre qui ne tolère pas même un simple repas.

Oui, voilà, il n'est plus en vie, je dois porter à présent la mort. Cette idée me rassure, j'en suis presque heureuse.

Je deviens folle.

Je te parle comme si tu étais là, mais jamais je ne t'aurais confié toutes ces pensées si tu l'avais vraiment été. La présence interdit bien des choses, dont l'honnêteté fait partie.

Je suis encore plantée là, dans cet hôpital, assise par terre, et je n'arrive pas à me lever du sol. Il est si froid. Non, il est glacé et je ne sens presque plus mes membres inférieurs. Trop longtemps assise peut-être, je pense encore à toi, à ce que tu ressens et ne ressens plus. J'en ai besoin, car je n'ai envie de penser à personne d'autre. Si, je pense aussi à Elie, car j'essaye de me rappeler lorsque tu étais enceinte, que tu regorgeais de chair et débordais de vie. C'était beau, la maternité t'allait, tu étais rayonnante ; tu disais que tu étais désormais deux et que tu vivais deux fois mieux. Ça m'amusait, j'étais presque émue, d'autant que ce n'était pas moi qui subissais ça. Comme tu le dis si bien, les choses qui ne nous touchent pas nous rassurent. L'enceinte c'était toi, pas moi. Jamais.

Aujourd'hui je ne suis pas deux, puisqu'il n'est pas en vie, ou qu'il n'est pas à moi. C'est vrai, il n'a pas le droit, c'est mon corps, c'est moi qui décide, et il n'y a que moi en moi.

Les mots que j'éructe à présent me rendent méprisable, je le sais, et c'est sûrement pour ça que ce par terre sale et glacé me convient si bien. Je me sens souillée par moi-même, seule, personne pour m'épauler ou me gifler, j'ai l'impression de purger ma peine.

Le médecin était étonné de ma réaction, qui n'en était pas vraiment une. Muette, blême, les yeux figés, je n'ai rien dit, j'ai respiré un bon coup et je suis partie. Mais peut-on forcer une femme à se réjouir d'un destin dont elle ne veut pas ? Je ne suis pas émue, non, être mère n'a jamais été programmé dans la vie que je m'étais imaginée. Tout comme perdre ma sœur. Et ne pas avoir de vraie mère. La vie finit toujours par faire ce qu'elle veut, et on n'est finalement maître de rien. Jamais. La vie nous dépasse, et nous ne pouvons rien faire d'autre que la suivre. La subir. Au début, pourtant, on y croit, on essaye de mener la cadence, et puis, si on est assez intelligent pour comprendre, on se leurre, on se résigne et on renonce.

Renoncer, oui, c'est aussi une façon d'accepter. Ma sœur, si seulement j'avais pu te parler de tout ça, me blottir contre toi, sentir ton parfum si réconfortant et me laisser pleurer, longtemps, jusqu'à ce que les larmes s'assèchent et qu'il ne m'en reste plus.

Mais si je t'avais raconté toutes ces pensées-là, qui oscillent entre la folie, le désespoir, la haine et l'ignorance, tu te serais à la fois indignée et moquée de moi. Tu ne m'aurais pas prise au sérieuse, alors tu aurais ri, c'est ta façon à toi de me contredire. Tu ne m'aurais peut-être pas vraiment écoutée, tu sais toujours débrancher au bon moment. Tu m'aurais bénie je crois, en pensant que ça me soulagerait. Tu aurais eu raison, car bien que je ne crois en rien, tes prières ont toujours eu le don de m'apaiser. Je ne sais pas pourquoi, ça m'a toujours fait cet effet-là. Je ne m'explique pas tout, je crois d'ailleurs que je ne m'explique pas grand-chose dans ma vie. Tu vois, j'ai un homme qui m'aime, il est beau, intelligent et d'une grande gentillesse. Un homme qui remplit toutes les conditions pour autoriser l'amour, et pourtant. Pourtant, cet amour, je n'en veux pas, tout comme cet enfant-là. Je n'ai pas à savoir pourquoi, je sais que je n'en veux pas. Et depuis ce matin, depuis que je sais, je déteste Charles en plus de détester cet enfant qu'il a mis en moi. C'est une prise en otage pour m'empêcher de faire ce que je veux. Alors, depuis ce matin, j'ai une envie endiablée de coucher avec toute la gent masculine, là, maintenant, et de me réveiller avec un tel sentiment de honte et de dégoût qu'il me sera plus facile de tolérer cette plaie. « Tu l'as mérité, petite salope », me consolerais-je alors. Puis, ne voulant pas savoir qui est le père, j'aurais trouvé la force d'avorter, par nécessité, puisque c'est ce qu'on fait lorsqu'on est seule. La solitude justifie les actes. Oui, voilà, on ne fait pas d'enfant seule, et pas d'enfant lorsque l'on est malade. Je suis seule, et je suis malade. Je ne suis pas saine, ou du moins pas assez. Et puisque je ne crois pas en Dieu, je n'ai aucun sentiment de culpabilité, aucun regret, aucune honte.

Si je continue à t'écrire, encore assise là où on ne s'assoit pas, c'est que j'ai l'impression de trouver un chemin, une issue, comme une ouverture. C'est si rassurant de te parler, j'aime me dire que mes mots te sont adressés, j'aime imaginer que tu sais les écouter, les comprendre et les accepter. Je ne sais pas si je pense tout ce que j'écris, si j'écris vraiment tout ce que je pense, mais j'ai besoin de tout t'écrire, tout, pouvoir reculer ensuite, pour enfin me retrouver. Moi, et mes pensées vidées.

Alors je déverse, oui, je déverse tout depuis ce matin, et ça me fait du bien.

Je voudrais voir Elie, à défaut de te voir, toi. Je veux m'occuper de lui, là, tout de suite. Je veux aller le chercher où il est, l'emmener jouer, manger, danser, qu'on aille se balader et qu'on soit ensemble, comme je te l'ai juré. Tu vois, j'ai l'instinct maternel, uniquement pour ton fils. Elie est le seul qui me fera supporter ton absence, et je veillerai à ce qu'il supporte la tienne. Je jouerai à la mère quand il en aura besoin, et je n'aurai de temps que pour lui, et aucun autre enfant. J'ai si peur qu'il soit entre de mauvaises mains depuis que je l'ai vu avec Maman jouer, rire, lui parler et aimer ça. Je veux le protéger comme tu m'as protégée. Du monde, des autres, de Maman. Elle est devenue différente, c'est vrai, depuis qu'elle a repris un peu de poids. Elle a comme pris en féminité, en instinct maternel. Papa me raconte qu'elle ne parle que d'Elie, qu'elle lui achète des vêtements, des jouets, elle l'emmène au jardin, lui lit des histoires, tout ce qu'elle n'a jamais fait pour nous. Elle a même parlé de lui donner un précepteur à la maison pour surveiller ce qu'on lui enseignait et ce qu'il fait. Mais de quelle maison parle-t-elle ? Elle s'imagine qu'il viendra vivre chez elle ? Ou qu'elle viendra vivre chez vous ? Avec Alexandre ? Mais qui est-elle ? Et ton Alexandre, bien trop faible pour imposer ses volontés, il se laissera faire, incapable de comprendre ce dont Elie a véritablement besoin. Et ce dont il a besoin, c'est d'un père, un père là, un père pour survivre à la mort d'une mère, et certainement pas d'une grand-mère anorexico-dépressive qui tente de se l'approprier.

Quelle sorcière ! Ça me révulse et ça m'écœure. Je suis jalouse, envieuse et mélancolique d'une mère que je n'ai jamais connue. Je m'en veux d'être tout ça à la fois, mais c'est ce qui me saisit à l'instant où je t'écris.

Crois-tu qu'elle aurait fait la même chose avec mon enfant ? Je crois que je n'aurais jamais supporté son amour et son affection ; son temps qu'elle ne m'a jamais donné, je n'aurais pas toléré qu'elle l'offre à mon enfant. Ce n'est pas de la jalousie, c'est de la justice.

Car tu le sais, ton fils devient l'objet de fantasme des maternités refoulées, un objet de convoitise pour la horde de vautours familiale dont je fais honteusement partie. Mais j'ai le sentiment que ton départ n'affole que nous, et que ton effrayante sérénité nous plonge dans une sorte d'anarchie animale. Organiser notre vie sans toi, penser à l'après-sans, voilà ce que tu nous infliges.

Tu partiras en nous laissant un fils abandonné d'une mère, alors oui, chacun se dispute et veut sa part, son titre : qui reprendra cet amour maternel ?

Parfois, je pense à ce que tu voudrais le plus, et puis je tombe dans l'incertitude la plus totale. Je me dis que tu ne veux rien, à défaut de tout vouloir, que tu as abandonné l'idée même d'avoir une envie, de peur qu'elle ne se paralyse elle aussi.

J'aimerais pourtant que tu écrives tes souhaits, tes derniers ou tes premiers. J'aimerais te faire plaisir, une fois au moins avant que tu partes. Peut-être que ça m'aiderait à te laisser nous quitter. Et j'aimerais aussi que tu me donnes un peu de ta quiétude, pour m'aider à appréhender l'après. J'aimerais que tu me dises quoi faire lorsqu'on s'apprête à perdre une sœur qu'on aime et qu'on reçoit, en contre malheur, un bonheur trompeur. J'aimerais que tu m'éclaires de tes lumières, de ta sagesse, toi qui es déjà ailleurs, entre ici et l'au-delà. Et si seulement on avait eu plus de temps ? Si seulement.

Je ne veux toujours rien accepter, je refuse de me résigner, de me rendre. Je veux que rien ne change, que tout soit toujours *avant*, et qu'il n'y ait pas de futur sans. Le futur, c'est pour l'inaccompli et l'insatisfait. Moi, je vis très bien sans futur, sans promesse et sans nouveauté. J'aime mon présent. J'aime le présent car il est encore avec toi, ici, là.

Je ne veux juste pas que tu partes, et je ne sais pas quoi faire pour empêcher ce départ volé. Depuis ce matin je ne fais que pleurer, et je ne sais pas si c'est pour toi ou pour ce bébé que je hais déjà, mais mon corps ne cesse de crier qu'il a mal. J'ai mal, partout cette fois, comme une communion dans la douleur, nous souffrons ensemble pour une fois : mon cœur, mon corps et moi.

LIBÉRATION. *Depuis que je suis enfermée, je ne lis plus que ce journal. Je n'ai pas vraiment le choix, mais chaque matin, c'est ce qui est posé sur la table de la salle à manger. Alexandre s'y est mis, alors moi aussi. Mes choix se coordonnent à ceux des autres, mais ça ne me dérange pas, Alexandre, c'est un peu comme moi. Ainsi, c'est devenu mon petit bol d'espoir, accompagné de mon café et de ma tartine au beurre salé. Ma claque matinale qui me rappelle au monde. J'aime voir ce mot, en gros et gras, en blanc éclatant sur un fond rouge vif et turbulent. J'aime voir ces grosses lettres pour me rappeler que ces mots-là existent encore. C'est une belle sonorité, pour un papier qui n'annonce presque que de terribles nouvelles.*

Ce matin, Alexandre lisait à haute voix un article sur les chevaux. Oui, il me fait la lecture, comme à un enfant, bien qu'il prétende qu'il ne sait plus lire dans sa tête et qu'il a besoin de s'entendre pour comprendre. Soit, j'ai fait semblant d'y croire. Je l'écoutais à peine, jusqu'à ce que la fin m'interpelle. L'article parlait d'un certain médicament que l'on donne initialement aux chevaux, mais qui aurait aussi des effets euphoriques sur les hommes.

Ce médicament serait donc une drogue, qui produirait une sensation d'apesanteur, un sentiment de flottement et d'alourdissement des membres jusqu'à ne plus se sentir connecté à son propre corps. Quitter son corps, être anesthésié, se dissocier de soi, j'avais l'impression qu'on décrivait mon état. Atterrée, je me suis dit, mon Dieu, mais les gens veulent être moi ! Ils ont besoin de voyager au cœur du mal-être, de l'insaisissable, de vivre une expérience de mort pour pouvoir mieux apprécier la vie, le retour à leur vie. Voilà à quoi les gens jouent pour se sentir exister. Il leur faut badiner avec la mort pour se savoir encore en vie.

Moi, la mort s'est invitée à mon insu, et puisque je ne reviendrai pas, puisque je n'ai pas cette chance-là, je dois, seule, apprendre à quitter la vie. Pour de bon. Alors ces gens se trompent, ils ne savent pas, ils ne connaissent pas. Ils jouent à la mort, ils pensent l'apprivoiser, mais ils ne la voient pas. Moi, la mort, je la sens et je la vois. Constamment, et ce n'est pas ce qu'ils croient.

Je pensais à tout ça, mais intérieurement, car je ne voulais pas en parler de vive voix, ni avec Alexandre, ni avec qui que ce soit. Nous ne parlons jamais de maladie, de mort ou de paralysie ici. C'est une règle que nous avons tous admis sans même l'avoir établie.

J'ai aussi pensé à Aurore, avide et trop curieuse de tout. J'ai imaginé qu'elle aurait pu vouloir y toucher, à ce médicament tragique appelé « kétamine ». Elle serait capable d'en prendre ne serait-ce que pour vivre l'état de sa sœur, pour comprendre. Pourvu seulement qu'elle n'en connaisse pas l'existence, cette petite n'a jamais eu peur de rien, surtout lorsqu'il s'agit de faire subir à son corps tout ce qu'elle refuse de ressentir. Alors si elle peut s'évader quelque part... C'est une courageuse fugitive, elle fait face à la fuite, et ne se retourne jamais. Aurore, ma petite sœur surhomme. Je ne sais pas comment elle réussit la prouesse de ne jamais être atteinte par rien, de ne jamais se laisser prendre par les émotions ou les sentiments trop envahissants. Elle a toujours été libre de tout, sauf d'elle-même. Mais son intransigeance est destructrice et, chaque jour, je prie Dieu pour qu'il la protège d'elle-même.

Elle ne m'a jamais beaucoup parlé, et ne s'est jamais vraiment confiée. Aujourd'hui, elle ne me parle plus du tout, elle vient, m'embrasse, me regarde, regarde autour de moi, et s'en va. Mais ça, c'était il y a des mois déjà. C'est bon de partager les silences de quelqu'un, mais j'aimerais qu'elle me parle un peu, qu'elle me raconte, qu'elle me fasse oublier mon silence à moi qui m'étourdit d'apesanteur. Oui, c'est lourd, un silence solitaire. Mais je ne lui dis rien non plus, je sais que je l'inquièterais. Ma respiration est haletante, je m'épuise à chaque mot, chaque phrase, pourtant je peux encore parler. Fièrement, je lui aurais dit que je l'ai toujours aimée et admirée. Que c'est ma petite sœur de cœur, ma petite sœur de fleur, que c'est ma petite étoile et qu'elle fera de grands éclats. Et puis, si elle ne veut pas me parler, qu'elle ne peut pas m'écouter, peut-être pourrait-elle au moins danser ? « Danse-moi quelque chose », lui dirais-je alors, comme lorsqu'elle était enfant. Et puis elle rougirait, et me dirait qu'elle ne sait pas danser, qu'en dehors de la scène, tous ses mouvements la perdent.

Elle ne sait pas encore ce qu'elle est. Elle ne sait pas ce qu'elle est encore.

J'ai toujours une ouïe, un regard, une parole, des pensées. Je peux rire lorsqu'elle joue avec Elie, me réjouir lorsqu'elle arrive, l'admirer lorsqu'elle tournoie de la cuisine à la salle à manger, la contempler, avec son corps de femme juvénile. Je peux sentir son parfum, qu'elle n'a jamais quitté depuis l'adolescence, Lolita Lempicka, offert pour ses quatorze ans. Je peux rêver, de ses tournées, de ses voyages, de ses succès. Je peux l'imaginer, je peux l'embrasser et la consoler, je peux faire tant de choses qui ne se voient pas, tant de choses qu'elle ne sait pas. Telle est la sagesse de ma vieillesse prématurée. J'ai perdu mon physique oui, mais il me reste encore l'essentiel, l'insaisissable qui, lui, restera toujours là.

Mais pourquoi donc m'a-t-elle déjà évincée ? Pourquoi ne me laisse-t-elle rien faire ?

Qu'elle me raconte ses angoisses et je les apaiserai. Ses peines, et je les consolerai. Ses rêveries, ses envies, et je serai là pour l'emmener. Je l'emmènerais sur la Lune s'il le fallait, car maintenant je sais comment faire d'un rêve une réalité. Mais Aurore n'a jamais su comment rêver, il a toujours fallu la guider. C'est une artiste qui fait rêver, sans même savoir comment on fait.

Aujourd'hui, je vois bien qu'elle me regarde comme une petite sœur, une enfant, une infirme, une vieillarde. Je suis un peu tout ça, elle n'a pas tort, mais je suis aussi encore un peu moi, et ça, elle ne le voit pas. Ou ne veut pas le voir. Ma sœur, et tous les autres.

Souvenez-vous donc, tout, et rappelez-moi que je suis encore moi !

On m'aime, certes, on me le montre plus, c'est vrai. Mais avec distance et politesse. On m'aime avec recul, avec retenue. Plus personne ne me dit plus rien, pourtant tout le monde me parle toute la journée. On me raconte tout, sauf le vrai. On me raconte que ce qui pourrait me faire sourire, on ne veut plus me raconter la vraie vie. Comme ça m'ennuie. Parfois, j'ai envie de crier. Et puis non, j'ai peur. Peur que ma voix ne m'obéisse pas, qu'elle m'abandonne elle aussi. J'ai peur d'éveiller une nouvelle impuissance, une nouvelle impossibilité. J'ai peur de découvrir que la Vermine a gagné du terrain, encore un peu plus, qu'elle chemine sans cesse, pour arriver à ses fins. Elle, la Vermine, l'affamée qui me bouffera tout entière sans me faire l'hommage de m'épargner en m'achevant avant.

Ce matin, j'ai couru une heure et demie. Avant de commencer mes obligations physiques, il n'était même pas 5 h 45. J'ai eu cette pensée absurde et rassurante que, peut-être, je l'épuiserais, cet être-là, ou le malmènerais jusqu'à ce qu'il s'en aille de mon corps, accidentellement. J'en ai ri. Ce *il* devenu indivisible et invincible, que je ne vois ni ne ressens, me rend sadique. Mon ventre reste encore plat, tout comme mes hanches et mes seins. Rien n'est devenu plus féminin ou plus maternel, plus abondant ou plus charnel. Non, comme si la nature avait oublié de faire son travail et de me donner ce qui me revient de droit.

Si. J'ai constamment envie de vomir, c'est vrai. Beaucoup. Mais j'attribue cette sensation à mon dégoût pour cet être, à ma haine pour Charles, à ma rancœur envers ma sœur et à mon impuissance envers moi-même.

Si seulement j'avais pu savoir, si j'avais pu sentir !

Le problème avec la vie, c'est qu'on n'en sait jamais rien, et on ne sent presque rien. Alors il y a ceux qui font avec, et d'autres pas. Moi, je fais partie de ceux qui ont besoin de savoir, de prévoir et d'anticiper pour être préparés. Je crois que, tout banalement, je ne suis pas faite pour la vie. Comme la plupart des gens, car j'entends bien souvent cette phrase, prononcée par des gens bien trop jeunes. La mode de la désillusion.

Parfois, j'aimerais être toi, comme je te l'ai plusieurs fois confessé, mais j'aimerais aussi être Maman, Irène. Un peu. N'avoir rien d'autre à attendre que l'attente elle-même, ne vivre que pour survivre. Ne rien attendre, tout en restant dans l'attente permanente. Ça a quelque chose d'apaisant, de rassurant. Maintenant je comprends mieux Maman, et le plaisir qu'elle y prend, à jouer la mourante depuis tout ce temps. J'imagine que si j'avais été aimée et choyée comme vous l'êtes, toi avec Alexandre, Maman avec Papa, j'aurais pu tout supporter. Maman, elle, tient la cadence depuis bien plus longtemps que toi, elle fait durer l'attente, elle entretient et préserve son état avec brio. C'est admirable. Son anorexie est sa plus belle prouesse, bien qu'étrangement, je la vois s'en éloigner aujourd'hui. À cause de toi ? De la maladie ? D'Elie ? Que lui restera-t-il, si elle guérit ?

Je ne sais pas, mais je sens que les vies changent autour de moi, comme un chambardement humain qui bouleverse le cours des choses. Ça m'effraie, je me sens happée sans pouvoir y adhérer. J'aimerais rester en marge, comme toi, tout en restant au centre de tout, sans y prendre part, sans effort et sans égoïsme, puisque j'en aurais eu le droit. Le droit d'avoir tous les droits.

J'aurais pu cracher toute ma rancœur et toutes mes humeurs, j'aurais pu tout dire sans me sentir meurtrie. Tu vois la chance que tu as, et que tu ignores car tu ne l'utilises même pas.

Mais toi tu n'as pas le choix, tandis que Maman s'est bien choisie, elle. Je me souviens que Papa pouvait rester à son chevet des week-ends entiers, nous laissant jouer seules ou devant la télé, en espérant que Maman récupère quelques forces et se remette à marcher. De la soupe, nous avons vite appris à faire de la soupe, pour notre mère qui ne savait manger que ça. Notre mère assistée, quand allait-elle donc se relever ?

Elle ne vivait que pour ça, cette demi-mort, tandis que toi, tu n'as toujours vécu que pour la vie. La grande, la vivifiante. Et plus je te regarde, plus je me demande comment on vit lorsqu'on ne vit plus. Comment on vit la vie tandis qu'elle nous échappe.

Imaginer l'inimaginable, vivre l'invivable, comme je me sens faible et insuffisante lorsque je suis à côté de toi.

Et si je ne pouvais plus danser, plus tournoyer, plus m'élancer, est-ce que j'y survivrais ?

Si je ne pouvais plus m'éplucher une simple orange, celle du matin, l'indispensable, la vitale, si je ne pouvais plus prendre ce petit plaisir obsessionnel de retirer chaque veine filandreuse de chaque quartier ? Si je ne pouvais plus me toucher les cheveux pour me désennuyer, me ronger les ongles pour me rassurer, ou me gratter le haut du dos, parce que ça fait simplement du bien ? Si je ne pouvais plus me crémer chaque soir, me maquiller chaque matin ? Si je ne pouvais plus écrire ou dessiner, jouer avec ce qui m'entoure, ou simplement jouer avec moi-même ? Si on me retirait les petits plaisirs insignifiants de la vie, je sais que pas un seul instant je n'y survivrais. Ce n'est peut-être rien, mais pour moi c'est tout.

J'y pensais hier soir en me masturbant. Tiens, et si je ne pouvais plus jamais me masturber ? C'est pourtant si bon de se masturber, seule, sans personne. J'ai lu dans ta liste de regrets que tu ne l'avais jamais vraiment expérimenté. Que tu regrettais, et que tu aurais aimé mieux connaître cet instant d'intimité extrême. C'est vrai, tu as manqué ce plaisir isolé, ce plaisir privé, ce plaisir qui n'appartient qu'à soi.

Je souris en t'écrivant ces pensées égoïstes, toi qui n'as jamais aimé t'isoler. Non, je crois finalement que tu n'aurais pas aimé. Toi qui n'as connu que le plaisir charnel mutuel, le partage des chairs, la communion corporelle. C'est troublant de comprendre à travers le sexe à quel point nous sommes radicalement différentes. Nous n'en avons jamais parlé, et pourtant nous aurions pu, nous nous serions mieux comprises, j'en étais sûre.

À travers la nourriture aussi. Et si je ne pouvais plus cuisiner pour Elie qui dévore mes plats avec tant d'appétit ? Tu sais à quel point j'aime faire à manger pour lui, surtout les aliments que je m'interdis, « mes aliments maudits » comme je les surnommais affectueusement à l'adolescence. Ceux que tu dévorais avec vivacité, sans te soucier des effets de l'après. Prendre du poids, avoir mal, se sentir coupable, qu'importe, ce qui comptait c'était l'instant, le plaisir du présent. Oui, j'aimais et j'aime vivre la vie par procuration, jouir à travers la jouissance de l'autre et m'y projeter. Ainsi je n'ai jamais pris aucun risque.

La dernière fois, j'ai cuisiné à Elie des pâtes aux lardons et au fromage. Double, non, triple interdit. J'ai rajouté des olives et des tomates pour l'illusion, pour m'autoriser à faire semblant de picorer et partager le plat avec lui. Il riait en me disant que je ne rentrerais plus dans mon tutu. « Ton-tu-tu ». J'ai ri. Quel enfant, quelle joie, quelle vie ! Pour le dessert, je lui ai donné un caramel, comme chaque fois, je te l'ai déjà dit. Il sourit et fait semblant d'être content. Je ne sais jamais bien quand il joue ou quand il est vraiment content. Je ne sais pas non plus s'il aime mes caramels, mais je continue de lui en donner.

Parfois, on parle de toi. Jamais de toi maintenant, le Toi d'avant. On parle de ce que tu aimes, ce que tu aimes faire, et moi, dans ma tête, je sais que tu ne peux plus le faire. Ça me réveille, ça me rappelle qu'il faut faire, faire jusqu'à ce qu'on ne puisse plus, parce qu'après, c'est trop tard.

J'ai découvert récemment que j'aimais ranger. J'aime découvrir les trésors cachés qui sommeillent au fond de mes placards. Depuis, je range tout le temps. Ça me calme, ça me détend. Tu le savais, ça ? Je fais ça parfois dans ta chambre lorsque tu es dans le jardin. J'ai envie de trouver des choses insoupçonnées, des secrets, j'ai l'impression de redevenir une enfant qui découvre un monde que je ne connaissais pas. Tes placards regorgent de photos que je n'avais jamais vues, de dessins que j'ignorais, de vêtements que je ne t'ai jamais vu porter, de bijoux qui me sont complètement inconnus. Tu dessinais ? Je l'ignorais. Et ces voyages... quand ? Comment ? D'où viennent toutes ces vies qui me sont restées interdites ? Tu as toujours été secrète, et je comprends, seulement maintenant, que nous ne nous connaissions pas vraiment. Pas assez. Je me demande si tu as laissé une porte ouverte à Alexandre, si tu l'as laissé t'apprivoiser, lui, et s'il le méritait. Comme je le jalouserais.

Maintenant, c'est trop tard, n'est-ce pas ? Non, ce n'est pas maintenant que nous allons faire connaissance.

S'il ne me restait que mes yeux pour pleurer, ou contempler ce que je ne peux plus faire, je voudrais en finir au plus vite, me séparer de la vie, tristement mais dignement. Je ne regarderais pas mon passé pour ne pas le regretter, et j'arrêterais tout. Pourquoi continuer lorsqu'on ne peut pas avancer ? Pour les autres, ça oui, c'est les autres qui ont besoin de nous, car ce sont eux qui souffriront après l'Adieu. Mais moi, je jure que je partirai sans dire au revoir, que je manque ou non, ça ne me regardera plus.

Je parle, je pose, j'affirme. Mais je sais bien que ça nécessite un courage que je n'ai pas. Mais tu serais fière de moi, car depuis que je suis consciemment enceinte, puisque je l'ignorais jusqu'à présent, j'ai décidé de prier, de me rapprocher de Dieu, et donc un peu de toi. Oui, je me suis mise à le prier un matin, comme ça, par désespoir de trouver un autre moyen de me sauver, une autre issue, une solution. À défaut de savoir quoi faire, on fait parfois des choses que jamais on n'aurait imaginé faire. Tu crois encore aux miracles ? Moi je voudrais bien, oui, j'essaye parfois. Si celui-ci se produisait, je deviendrais religieuse, je t'en fais le serment. J'irais à la messe, je t'y emmènerais, je ferais même ma communion ou ma profession de foi. Je ferais toutes les fêtes, les jeûnes, les jours saints, je ferais tout ce que tu faisais, et peut-être même plus. La religion a le don d'exalter les cœurs, et l'idée même de savoir qu'il y a un autre possible ravive le mien. Je souris, comme si déjà j'avais été guérie. Guérie de ce mal greffé à mon ventre. Je deviendrais comme Alexandre, une égarée qui retrouve son chemin. Oui, je me souviens, au début de votre rencontre, tu l'appelais ton petit « Égaré », parce qu'il se disait athée et ça te consternait. Il ne croyait en rien, et se moquait de ta piété. Tu as été si patiente, tu savais que ça viendrait. Comment as-tu fait ? Tu l'as sauvé, l'amour l'aura éclairé et voilà qu'il va désormais plus à l'église que toi-même tu n'y allais. Qu'y fait-il aujourd'hui ? Pour qui et pour quoi prie-t-il ? Son avenir ? Celui d'Elie ? Le tien ? Vraiment, le tien ? Non, il a abdiqué, je le sais. Il a trop honte de n'avoir rien pu empêcher, d'avoir failli à sa parole et de ne pas t'avoir protégée, ce faible. Lui qui ne marchait que dans tes pas, ne parlait qu'avec toi et ne vivait que pour toi, il aura réussi à ne pas avoir su prendre soin de toi.

Je le déteste.

Désormais, lorsque je vois Charles, je pense à lui, et je me dis qu'il pourrait être mon Alexandre. Si je restais avec Charles, j'imagine qu'il deviendrait ce que Papa est pour Maman, ce qu'Alexandre a été pour toi, ce que les hommes faibles sont pour leur femme forte. Non, je ne veux ni être l'Irène de Papa, ni la Toi d'Alexandre. Je ne serai le despote déficient d'aucun homme. Je n'ai besoin d'aucun d'entre eux, je peux faire semblant d'être assez forte pour deux, et garder ma faiblesse uniquement pour moi-même. Pourquoi donc les hommes ont-ils ce besoin viscéral de secourir leur femme ? Ce besoin urgent de donner un sens à leur vie, comme un devoir à la fois physique et moral qui leur permet d'exercer leur supériorité en se rendant indispensable. Oui, voilà, ils deviennent essentiels et indispensables en nous maintenant dans la faiblesse. L'amour des hommes me fait peur, j'ai l'impression qu'il fragilise. Mais toi, tu ne t'es pas laissée envahir par cette addiction à l'aliénation, cette complaisance à la dépendance. Jusqu'à maintenant, tu n'as jamais eu besoin d'être secourue. Sacrée vie, sacrée maladie, ces deux salopes n'ont pas voulu te laisser cette liberté.

Ça me fait mal de te l'écrire, mais tu méritais plus grand. Tu méritais d'aimer toi aussi. Aimer en grand, et être aimée vraiment, tu aurais pu, toi. Tu aurais su. Un Alexandre, un moyen, un médiocre, tu n'en avais pas besoin.

Moi, c'est tout l'inverse. Moi, plus je sens l'amour de Charles, plus il me repousse. Son amour m'écœure, m'étouffe, il m'envahit. Il me rappelle que je suis vulnérable, que j'ai besoin de lui, de nous. Ce genre d'amour voué à n'être que donné, unilatéralement, égoïstement, sans tenir compte de l'autre. Ce genre d'amour qui ne fait du bien qu'à un, écrase l'autre et l'oublie. Charles m'oublie lorsqu'il m'aime.

Lorsque j'écris ces mots, j'ai l'impression d'avoir retrouvé mon âme d'enfant, la pure, celle qui voit et dit tout. Celle qui n'a pas de voile, pas de barrière, pas de filtre, celle qui dit son cœur, aussi vrai et dur soit-il. En t'écrivant, je vois mieux, je comprends mieux.

Ma nouvelle grossesse me donne des nausées terribles, je dois la vivre et la subir seule. Tant mieux, je n'aurais pas supporté avoir un « Papa » à côté de moi, qui aurait été là comme Papa l'a été pour Maman lors de ses crises de boulimie. Oui, te parler de ces nausées me rappelle à quel point j'étais horrifiée et effrayée de voir, lorsque Maman vomissait, que c'était pour elle une trivialité, un détail, un moment du quotidien. Papa, lui, attendait avec sérénité, il nettoyait calmement une fois sa crise terminée, sans regard et sans mine dégoûtée. C'est peut-être ça, l'amour, ne pas savoir regarder ce qui ne doit pas être regardé. Attendre, laisser l'autre être, faire, et puis passer derrière. Cet amour-là, ce ne sera pas le mien. Mais te souviens-tu de ces crises ? Je les avais oubliées avant de t'en parler.

C'est lorsque je vois Jeanne ou Alexandre te changer ou te donner à manger que ça me rappelle Papa. Et puis je me dis que moi aussi j'en aurais été capable, que je t'aime assez pour le faire si seulement m'avait laissée. Mais je crois que tu ne l'aurais pas supporté. Une petite sœur qui donne à manger à la grande… Non, non, ce ne serait pas toi si tu tolérais ça.

Elie le voit aussi ? Je suis sûre que tu veilles à ce qu'il n'en sache rien, qu'il ne voit pas sa mère décliner et s'amoindrir, comme nous avons vu la nôtre à son âge.

Il n'a pas besoin de voir pour sentir, tu sais, rien ne lui échappe. En me dessinant l'autre jour, il m'a dit, avec sa charmante autorité enfantine, qu'il fallait que j'arrête de cacher la tache de naissance que j'ai sur la main. Il savait ce qu'il faisait en représentant ma tache sur tes mains lorsqu'il te dessine. Oui, il navigue d'une sœur à l'autre, il joue. Il a ajouté que même si j'avais mille taches, je serais toujours belle, qu'il m'aimerait tout autant, et peut-être même plus. Il m'a assuré que la beauté ne tenait pas à des détails physiques et que j'étais superficielle si je le pensais. Peut-être pas en ces termes-là, mais ses mots m'ont laissée penser ça, ses mots m'ont fait entendre raison. Si jeune, et déjà si sage… Mon Elie, à six ans, tu n'es déjà plus un enfant.

Tu ne me lis toujours pas, et pourtant j'imagine chacune des expressions de ton visage si tu lisais tout ça. Je réalise à mesure que je t'écris ; je comprends. Je comprends que je ne suis pas prête à donner quoi que ce soit, à qui que ce soit. Que ma vie à moi seule me va, qu'elle n'a de place pour personne, ni pour un homme, ni un enfant, ni même pour l'amour. Vivre pour moi, c'est bien assez comme ça. Égoïstement, oui, mais c'est comme tout dans la vie.

Il faut simplement le savoir, et le faire savoir.

Demain, je crois que je dirai tout à Charles. Plus encore, je lui dirai qu'il n'a pas son mot à dire, pas le choix, pas le droit, pas le droit d'avoir le choix. Personne ne peut décider pour une femme. Car, oui, sur ce terrain, c'est le seul avantage du féminin. La maternité, c'est à elle, on n'est mère que si on le veut. Nous. N'as-tu jamais pensé à cela, toi qui as toujours tout fait dans les règles de l'art, dans la continuité logique et naturelle de la vie ? As-tu vraiment voulu Elie ? L'as-tu vraiment voulu comme père, cet homme-là ? Je me suis souvent posé ces questions, sans vraiment attendre ni vouloir de réponses, de toute façon je n'aurais pas osé demander ni à l'époque, ni aujourd'hui. Pourtant, c'est aujourd'hui, plus que jamais, que j'aurais aimé savoir ; aujourd'hui que j'aurais aimé t'écouter. Comme je regrette déjà toutes ces conversations que nous n'aurons jamais. Ces histoires, ces tourments, ces questions que nous ne partagerons pas, mais c'est peut-être mieux ainsi, qui sait ? Non, on ne sait jamais.

On ne sait jamais ce qui aurait pu se passer « si », mais on peut l'inventer, l'imaginer, le recréer. Ça me conforte, j'essaye de me rappeler toi plus jeune, je tente de me souvenir, de réinventer un peu ce temps d'avant. Ce temps de lorsque j'étais enfant et que je te regardais avec ce regard juvénile, tu sais, ce regard naïf et inquiet, ce regard fidèle et épuré qui, avec le temps, se perd et que l'on n'arrive plus à préserver ? Je me souviens lorsque je te regardais sortir le soir : tu n'étais entourée que de filles, toutes très grandes, toutes très belles, et je me sentais si éloignée d'elles, de toi, que je ne pouvais m'empêcher de les scruter telles des créatures étrangères quand elles venaient te chercher. Étrangères, oui, éloignées de moi. Déjà toutes émoustillées, apprêtées et toutes excitées, j'essayais d'imaginer où elles t'emmenaient.

Personne ne le savait, et personne ne vous le demandait. Un jour, pourtant, Papa t'a demandé ce qu'il en était des garçons, si tu étais amoureuse, si ton cœur battait pour quelqu'un. Je ne sais pas s'il était curieux ou inquiet, mais je me souviens de ton rire éclatant, le semi-moqueur que tu avais parfois lorsque je t'exaspérais, et puis tu lui as lancé avec distance : « Tu sais mieux que moi, Papa, que les garçons, ça vient, ça va. Et puis ça revient. Et parfois pas. » C'était simple et si vrai. Tu as toujours eu le don de dire des choses vraies avec une évidence qui pouvait faire taire n'importe qui, sur n'importe quoi. Tu faisais des pirouettes que seule toi maîtrisais, et tu m'impressionnais. Déjà. Tu n'as jamais ramené de garçon à la maison, et je me suis toujours demandé comment tu les domptais, toi qui avais le monde à tes pieds. J'imaginais que pas un ne pouvait te résister, qu'ils étaient tous là pour toi, et que tu orchestrais ta vie sentimentale telle une véritable symphonie des cœurs perdus. Ma sœur brisait des cœurs, ça me rendait fière et peureuse à la fois. Les brisais-tu vraiment, leurs cœurs ? Étais-tu amoureuse ? L'as-tu déjà été ?

Non, pas Alexandre, je t'en prie, non, pas lui. Je ne te croirais pas.

Tu aurais dû le quitter à temps, avant que ce temps te piège et t'enferme avec lui. Pour toujours. Moi, je quitterai Charles pour toi, pour ce que tu aurais dû faire il y a des années. Oh oui, imagine ! Nous aurions élevé Elie toutes les deux, et puis il serait venu lui rendre visite de temps en temps, pas trop, juste comme il faut. Il n'aurait pas été mieux qu'aujourd'hui, non, mais il aurait été mieux avec nous. Tu aurais poursuivi ta carrière d'avocate, et peut-être même que tu ne serais pas tombée malade. Peut-être que la vie aurait oublié, oui peut-être, et que la mort aussi…

J'imagine secrètement d'autres vies, d'autres choix, d'autres passés qui auraient fait un présent différent. J'aime les « si » qui me soulagent et m'offrent un peu de rêve et de douceur le temps d'un égarement solitaire.

Puis, lorsque je redescends, je retrouve ma douleur et ma rancœur d'avant. Celle que je dégobillerai sur Charles demain en le voyant, lorsque je lui dirai que je ne l'aime pas, que cet enfant n'est pas le sien, et qu'il n'est ni le fruit de l'amour, ni celui de la vie. En ayant mal, il comprendra. Il n'aura pas le choix, la douleur a toujours su forcer les cœurs.

Mais peut-être que Charles est comme Alexandre ou Papa, peut-être qu'il acceptera mon choix ? Peut-être qu'il restera, qu'il soit aimé ou pas, et qu'il ne s'en ira pas.

S'il m'aime comme ça, alors je n'ai certainement pas besoin de cet amour-là.

Charles-Alexandre-Papa, le triptyque des hommes de l'ombre, des hommes-à-femmes, sans fierté, sans dignité, sans respect pour eux-mêmes. Ces hommes qui n'en sont pas, et dont on ne veut pas. Elie n'en sera pas, j'y veillerai, crois-moi, je nous le promets ! Jamais je ne laisserai Alexandre faire d'Elie ce qu'il est. Elie ne sera dans l'ombre d'aucune femme, et ne vivra pour personne d'autre que lui. Mon Elie chéri…

Que devrais-je dire à Charles demain déjà ?

Je ne sais déjà plus.

Tandis que je m'étirais ce matin, j'ai eu une mine de dégoût en regardant mon ventre encore timide de ses rondeurs. Ici vit un être déjà mal aimé, indésirable, fruit d'un non-amour. J'aimerais qu'il tombe, qu'il se torde avec mes tripes, qu'il se broie à mesure que je broie mon ventre chaque jour. Tu me verrais sauter dans tous les sens, courir à chaque occasion, me cogner, tomber, me secouer, me malaxer, c'est grotesque, je sais. Je suis devenue une véritable machine à mouvement. Je m'épuise, pensant l'épuiser aussi, et plus le temps passe, plus j'ai l'impression d'abandonner Elie, de m'éloigner de lui en me rapprochant de l'Autre. Cet Autre qui n'a pas de nom et n'en aura jamais. J'ai peur qu'Elie m'attende, qu'il ait déjà besoin de moi, et que je ne puisse plus être là. Cela ne fait qu'accentuer mon dégoût et ma révolte pour ce ventre traître, cet infidèle qui n'a même pas le courage de se montrer vraiment. Mais cela fait déjà trois jours que je ne fais rien, que je ne sors pas, et que je n'arrive toujours pas à parler à Charles.

Je ne sais pas pourquoi, je n'arrive pas à faire quoi que ce soit, ma léthargie devient complice de mon corps et me voilà cloîtrée ici, seule et le cœur plein de rancœurs.

« Je ne veux pas être mère », voilà comment je commencerai. Violent, fort. Il comprendra et saura tout en une seule phrase. Que je suis enceinte, que je ne le garderai pas, et que donc je ne l'aime pas. Puis je partirai, et voilà, ce sera fait. Je rentrerai et rejoindrai Elie qui, lui, aura besoin de moi car, oui, une mère de substitution, ça, je peux faire. Les simulacres je connais, les sœur-mères, voilà ce que je peux dupliquer. C'était Maman la maternée, et toi la maternante. La sœur devenue mère, et moi l'encombrante. On ne m'a ni appris, ni transmis comment être mère.

C'est en voyant Maman jouer avec Elie que j'ai réalisé qu'elle aurait voulu un fils. Être aimée, encore aimée, par un homme, un vrai. Être au centre de sa vie, être son tout. Je la vois être mère avec Elie, cette mère que je n'ai jamais connue, c'est presque indécent. Elle a même récemment décidé de dessiner avec Elie dans sa chambre. Elle s'immisce dans ses affaires, et le questionne sur tout. Elle n'a honte de rien. Depuis peu, elle a dit à Alexandre qu'elle voulait lui offrir des leçons d'anglais chaque après-midi en rentrant de l'école car, selon elle, « l'anglais est le futur de la France ». Moi, elle ne m'a jamais parlé d'anglais, d'ailleurs, je n'ai jamais parlé anglais. Elle se fait même surnommer « grandma », comme si le préfixe « grand » déclinait le nom et lui conférait un surplus de maternité. Cette maternité dont elle s'est elle-même privée. Irène.

Pourquoi n'avoir pas été mère avant d'être grand-mère ? J'imagine, dans mon égarement, que Papa doit probablement être heureux d'avoir une sorte de fils. Mais je n'en sais rien, je ne le vois jamais chez vous. Ça ne m'étonnerait pas, c'est tout.

Oui, je suis jalouse, je suis envieuse et indignée. Tu le serais aussi, si tu les voyais tous. Quelle chance tu as de trôner au milieu du salon ou dans ce jardin, sans te risquer à t'aventurer dans les pièces annexes, ces pièces où les masques tombent, où chacun retombe et redevient ce qu'il est. C'est peut-être mieux ainsi, car tu serais étonnée de nous voir pleurer ou nous lamenter, tu serais troublée de voir ce qui se passe en vrai, alors que nous prenons tous soin de le cacher et de jouer un rôle devant toi. Pour toi et pour tes yeux. Tes yeux qui voient et sentent tout. Rien ne t'échappe je le sais, pourtant on continue de simuler.

Moi, mes yeux à moi ne veulent rien voir, et encore moins savoir. D'ailleurs, je ne connais toujours pas le sexe de cet être qui m'habite. Six mois d'inconscience clandestine, tu penses bien que je n'ai pas envie de faire connaissance avec la chose. Cette chose que de toute façon je ne garderai pas, alors à quoi bon savoir ? Je ne suis pas tout à fait à six mois, d'ailleurs, et j'ai encore une chance de m'en sortir. De le sortir, lui, cet intrus. J'ai fait mes recherches et j'ai appris qu'il était possible de mettre fin à sa grossesse jusqu'à plus de six mois. Mais uniquement aux Pays-Bas. Alors j'irai, puisqu'il le faut.

Ironie du sort, Charles est hollandais.

Quand je vois Alexandre, Maman et Papa. Quand je vois mon Aurore, jouer avec mon Elie. Quand je vois mes amis me rendre visite, me parler et me dorloter. Quand je vois tous ces gens autour de moi, me sourir, me chérir, soudain je me dis que la vie n'est qu'une grande mascarade. La vie en bonne santé, la vie qu'on vit lorsqu'on oublie qu'on va mourir, lorsqu'on se force à ne pas y penser, bref, la vie insouciante et incontinente n'est qu'une mise en scène.

Il faut savoir mourir, savoir qu'on va mourir pour pouvoir vraiment vivre. Maintenant je le sais. Autrement on passe sa vie à se cacher, à s'empêcher, à vouloir contrôler, à réprimer. Ce n'est que lorsque l'on voit la mort s'approcher, que soudain tout se libère, la tendresse, l'affection, l'amour enfoui se délie et on se laisse aller, on se laisse vivre et on se laisse enfin aimer. On donne tout ce qu'on a parce qu'on sait qu'il y aura une fin. Comme s'il fallait cette fin pour être sûr de ne pas trop donner avant. Mais donnez, bon sang ! Donnez, ça fait tellement de bien ! Aimez, montrez et partagez tout ce que vous avez, car elle viendra un jour, cette fin, c'est sûr et certain, et il ne restera plus rien.

Je me souviens, quand la sentence est tombée, je marchais encore très bien. Je courais tous les jours, je faisais encore tout, et je le faisais bien. Lorsque je l'ai senti et lorsque je l'ai dit, personne n'y a cru, et personne n'a compris. La Vermine était encore inconnue de tous, et il aura fallu qu'un proche soit touché pour savoir qu'elle existe. Ce proche, c'était moi, et personne n'a voulu l'accepter. Une fois l'annonce faite, c'est comme si la porte lui était grande ouverte. Le déni chez les uns, l'apitoiement chez les autres, et le masque, le masque des émotions. Soudain, la Vermine s'est mise à progresser à grande vitesse. Du jour au lendemain, les crampes, les engourdissements, les courbatures, tout s'est renforcé. Comme si, une fois démasquée, elle était enfin libre de se déchaîner, de tout ruiner. Monter les escaliers est devenu insoutenable, et en un mois et demi, j'ai perdu l'usage total de ma jambe droite. Deux semaines plus tard, la gauche la suivait. Emplâtrée, je refusais fermement la chaise roulante. Cette chaise de la décadence et de la honte, l'idée même de m'y asseoir me torturait. Personne, à ce moment-là, ne mesurait toute la gravité, personne ne croyait que tout allait encore empirer et que c'était possible. La vie est devenue soudain pressée, oui, pressée, car elle n'a fait qu'empirer, à une vitesse démesurée.

Avec le temps, chacun à son rythme a accepté de comprendre, à défaut d'accepter, et petit à petit, la vie s'est comme adoucie. Le changement a été rude, sans ménagement, de plus en plus faible, de plus en plus exclue, je me sentais humiliée à mon insu. Maintenant, grâce au temps qui sait tout faire passer, je me sens presque prête. Prête à accepter à la fois mon état, leur amour soudain et surtout ma fin, puisque les deux s'harmonisent irrémédiablement.

Ne pas accepter leur amour, c'était ne pas accepter mon état, or, leur amour m'aide à le tolérer. Seule, je n'aurais jamais pu y arriver. Se sentir aimé est le meilleur des remèdes, il aide à oublier et à faire oublier.

Mon unique tourment, aujourd'hui, reste Elie. Comment lui dire, comment lui expliquer ? Il le faudra bien un jour. En attendant, on lui ment. Maman s'est cassé la jambe. Maman est maladroite, elle s'est cassé l'autre. Maman est fatiguée, elle va rester un peu plus longtemps allongée. Maman va rester au lit pour guérir plus vite. Maman n'est pas enceinte, elle a pris du ventre car elle ne peut plus beaucoup bouger. Maman n'a plus de force, mais ça va passer, car tout passe dans la vie. Maman n'a plus faim, Maman ne veut plus danser, elle n'aime plus ça. Non, ça existe vraiment, ça ?

Au début, chacun mentait aux uns et aux autres. On faisait semblant, on attendait, on espérait. On priait. Même Alexandre, et plus que moi ! Les uns paniquent, les autres restent muets. Aujourd'hui, la vie semble reprendre, l'habitude, le temps, ça aide, ça compense. Je ne sais pas ce qu'on dit à Elie en ce moment, mais il ne me pose plus aucune question. Sur rien. Jamais.

Parfois, moi aussi j'espère, moi aussi je veux croire, mais je ne le dis pas. Je veux croire que ce sera moi, l'élue de la médecine. Celle qui aura la chance d'être secourue par un médicament miracle, que la recherche avancera plus vite que la Vermine, ou que je serai ce miracle. Je me dis que d'ici ma mort officielle, quelque chose se produira, une surprise, un malentendu, après tout, pourquoi pas moi aussi ?

C'est grâce à Elie, et son insouciance d'enfant, que je m'autorise parfois l'espoir, et l'abandon à la naïveté. C'est bon, c'est doux. Les gens ne comprennent pas quand je souris parce qu'ils ne savent pas que je pense à ça. Mes pensées m'appartiennent, elles, et personne ne peut les contrôler. Pas même la Vermine.

Mais ça ne dure que quelques instants, le temps de respirer, puis très vite je reviens à moi, le moi défectueux, le moi insuffisant, et puis je n'y crois plus. Je ne comprends plus. Je n'arrive plus à concevoir que mon corps tout entier puisse me lâcher un jour. Qu'il me haïsse à tel point qu'il m'abandonne et me laisse à moi-même, à jamais.

Durant les premières semaines, j'avais peur de m'endormir, car chaque matin, je me réveillais abandonnée par une nouveauté. Chaque jour un peu plus engourdie, chaque jour un nouveau vide qui naissait et s'installait en moi. Aujourd'hui, je n'ai presque plus rien, et pourtant, ce n'est que maintenant que j'espère, que je m'autorise à souhaiter, à rêver, seulement maintenant que je veux croire, quelquefois, en un miracle salvateur. Je ne crois plus en la médecine, mais je crois plus que jamais en Dieu. Je ne lui demande presque rien, pas même qu'il me rende toutes mes possessions d'avant, mais simplement d'arrêter le dépouillement, la dépossession progressive et permanente et de me laisser le peu qu'il me reste. Oui, je me contenterais du reste, du petit reste. Je m'y suis faite, comme on se fait à tout, et je m'y ferais si la Vermine s'arrêtait. Mais c'est ma limite. Oui, je le dis, aujourd'hui, c'est ma dernière limite. Cette limite qui annonce cette fin que personne ne veut m'octroyer. Il faut bien mettre une limite, poser une fin et surtout l'imposer digne. Je veux délimiter tout ça, je veux voir l'issue, la lumière, je veux qu'on me la laisse, celle-là au moins !

Je ne sais plus à qui en parler, à qui me confier, à qui demander. Et puis je comprends, qui voudrait écouter les mots d'une mourante ? On a tous peur de se parler et de s'écouter.

Pourtant j'ai besoin d'aide. Qui ? Qui m'aimerait assez pour oublier ses envies et agir au nom des miennes ? Qui en serait capable ? Pour une fois, je veux être égoïste et je ne veux pas manquer à ma mort. Alors qui aurait le courage de me la donner ?

Alexandre ? Il ne ferait jamais une telle chose, trop sensible, trop faible, trop amoureux. Il m'aime trop pour lui, et pas assez pour moi. Il m'aime selon son amour, et ne m'aimera jamais assez au nom du mien. Mes parents ? Quels parents mettraient fin aux jours de leur propre fille ? Je ne peux pas leur infliger un tel crime. Aurore ? Elle serait assez forte et assez courageuse, c'est vrai, mais bien trop tourmentée pour que je lui fasse porter la mort de sa propre sœur. Elle y penserait chaque jour, elle ne s'en remettrait pas, et moi non plus. Jeanne ? Elle est trop bonne. Trop juste. Trop naïve et trop obéissante. Elle continue encore de me secouer les jambes et m'étirer les bras, « pour quand ils reviendront ». Elle me parle comme à une enfant, c'est affligeant. Pourtant, passer mes journées entières avec elle me la rend plus tolérable, je m'y attache, forcément, je n'ai pas vraiment le choix. Parfois, je fantasme qu'elle pourrait être cette aide que j'espère tant. J'aimerais, oui, ce serait si aisé pour elle. Elle qui me fait tout, me torcher, me nettoyer, m'habiller, me gratter, tout ce qui répugne les autres, et qui ne semble pas l'affecter. Elle me borde et me donne à manger ; finalement, elle est mon corps, lorsque Alexandre se repose de moi. Il suffirait alors qu'elle arrête, qu'elle mette quelque chose dans mon verre ou dans mon assiette, pour qu'enfin tout ce cauchemar se termine. Mais je ne peux pas lui en parler, ni à elle, ni au monde entier. Quand j'essaye d'en parler, tout le monde se tait et fait semblant de ne pas écouter. C'est si facile de changer de sujet lorsqu'on est la majorité.

Il y a deux mois, lorsque je le pouvais encore, j'ai appelé le docteur Laniaut en le suppliant de m'aider au moment où il le faudrait. Il a évidemment refusé, par respect « déontologique » et par amitié pour ma famille et aussi pour moi. La déontologie va alors à l'encontre de l'humanité, et l'amitié est le nom qu'il donne à la lâcheté. Je n'ai que faire de son amitié, ce que je veux, c'est son intégrité, au nom de la vie et de la dignité. « La vie à tout prix », m'a-t-il lancé tel un sourd entêté. J'avais tout de même réussi à émouvoir la secrétaire, qui m'avait donné sa parole de le raisonner. J'aimerais tant l'appeler, lui parler, la supplier, elle, puisqu'elle a un cœur, et l'informer que le moment est arrivé. Ça y est. Mais je ne peux plus, mes bras s'en sont allés et je ne peux plus rien faire seule. Et certainement pas appeler la mort. Non, je crois que personne ne mettra fin à cet abattoir corporel que je subis, et qu'avant d'accepter la mort elle-même, il faudra que je me résigne à son idée, sa volonté, la mort étouffée en moi.

J'aurais aimé mourir tranquillement, sans m'en apercevoir. Une mort anodine et paisible. Une mort qui ne fait pas trop mal. Mais non, c'est un luxe que seuls les gens en bonne santé peuvent encore s'accorder. Moi, je suis condamnée par l'amour des miens qui n'ont aucune idée de ce qu'est la mort, et encore moins la vie. On ne sait pas vivre, lorsqu'on ne sait pas mourir. Moi je n'ai pas eu le choix, et pourtant, je crois aujourd'hui que si j'avais encore pu, j'aurais su.

Depuis une semaine, j'apprends l'anglais. Je ne sais pas pourquoi, j'ai senti l'urgence et j'ai décidé qu'il le fallait. Enfin, si, je sais pourquoi. Elie baragouine déjà et ça me trouble beaucoup. Il est si intelligent que dans quelques mois, il sera bilingue. Comme Maman n'a jamais parlé cette langue, je fantasme qu'on pourra plus tard la parler devant elle sans qu'elle nous comprenne. Voilà, c'est fait, j'apprends l'anglais. Je n'ai pas d'autres choses à faire, puisque je suis cloîtrée. Comme toi, un peu.

J'appelle souvent à la maison, pour prendre de tes nouvelles, savoir ce que tu fais, où tu en es. Jeanne me dit que tu ne cesses de dicter sur le nouvel ordinateur que Marie-Laure t'a offert. Je suis soulagée, je me dis qu'au moins, chaque matin, tu as l'inspiration et la force pour te réveiller. Et puis, il faut bien que la technologie serve à quelque chose. Et l'argent ! Tu as la chance d'avoir une belle-mère très généreuse et aimante. Et riche. Alors, je me dis que ça a dû aider pour supporter le fils. Alexandre n'a de bien que le compte en banque de sa maman.

Tu vois, j'essaye encore de trouver les raisons qui t'ont poussée à épouser Alexandre. Pourtant, de l'argent tu en as, enfin ce qu'il faut pour ne pas en attendre des autres. Comme je me déteste à parler ainsi, mais tes choix ont toujours été pour moi de grands mystères, et plus le temps passe, plus la vie presse et j'ai besoin de comprendre. Tout ce que je comprends à présent, c'est que ta vie n'a été pour moi qu'une vaste énigme flottante que j'aimerais résoudre, maintenant. Depuis que nos jours nous sont comptés, je veux tout faire, tout savoir. J'ai ce besoin de tout te dire aussi, tout t'avouer. Mais je n'en ai pas le courage comme tu le sais, alors je te l'écris.

Tiens, j'ai toujours détesté Marie-Laure. Cette blonde jaunâtre à la voix stridente m'a toujours exaspérée. Un vrai cliché de belle-mère, qui me rappelle Alexandre en version féminine. En plus d'être grosse, ce qui est pour le moins étonnant pour une grande blonde d'origine russe, elle est précieuse, et vaniteuse. Elle n'a aucun goût, aucune sensibilité, bien qu'elle travaille dans l'esthétique. Que fait-elle, déjà, chirurgien plastique, c'est ça ? Vraiment ? Cette harpie aurait fait autant d'études ? Je ne sais même plus ce qu'elle fait, mais elle a de l'argent, de l'arrogance, et c'est suffisant. D'ailleurs, elle aussi s'affaire autour d'Elie. Chaque jour, elle lui offre un nouveau jouet, emportant ainsi quelques points d'avance sur Maman, restée fidèle à son avarice légendaire. Chaque fois que je viens, que je dépose Elie de l'école, il me présente quatre ou cinq nouveaux soldats, voitures ou figurines de collection, en me disant que c'est Mamie-Laure qui l'a encore gâté. Il n'a pas l'air de s'en réjouir plus que ça, mais au moins, il en est amusé. Elle, pour sûr, ne prendra la place de personne. Elle ne sait pas aimer, ni même donner, la seule chose qu'elle sait faire, c'est acheter. Son amour, son temps, son affection et son attention ne se résument qu'à l'argent, et je comprends mieux comment Alexandre a grandi. Pour la première fois, je peux m'apitoyer, au moins sur son enfance, que j'imagine aussi odieuse et écœurante que celle qu'elle tente d'imposer à Elie. Non, ne t'en fais pas, Elie ne mangera pas de ce pain-là.

Elle aussi s'invente une maternité retrouvée, comme Maman, comme toutes ces mères qui n'ont pas été bonnes avec leurs enfants et veulent se rattraper avec leurs petits-enfants. Quel intérêt ? C'est lorsque l'on est mère qu'il faut jouer ce rôle, pas lorsqu'on ne nous le demande pas.

Je ne sais pas si Jeanne t'a dit, mais nous avons échangé quelques mots il y a quelques jours de ça, ta belle-mère et moi. Je ne sais pas ce qui m'a pris, mais j'ai voulu lui montrer mon poignet qui me brûlait depuis quelques semaines. Je néglige de plus en plus mes exercices physiques, et depuis l'arrivée soudaine d'un bébé de six mois dans mon ventre, je les néglige d'autant plus volontiers qu'à présent, c'est « notre » corps. Je le lui ai donc montré naïvement, puisqu'elle s'apparente à quelque chose de l'ordre de la médecine, et cette dinde m'a répondu que je n'avais rien, mis à part un poignet qui ressemblait à un clou. « Un clou » m'a-t-elle dit, cette vieille pie. Que voulait-elle que je lui réponde ? « Merci pour l'information, je vais y remédier immédiatement. » La violence de son regard mêlé à ses mots, mais de quel droit peut-on commenter un corps qui n'est pas le sien ? Je lui ai parlé, moi, de son double menton ? Si elle n'avait pas été ta belle-mère, la grand-mère d'Elie, je lui en aurais collé une. Puis elle s'est tournée vers Maman qui, elle, ressemble tout entière à un clou, en lui disant : « Irène, vous ne trouvez pas ? » Ta belle-mère nous déteste, toutes. Et sa façon de te gâter, de te traiter comme la « fille qu'elle n'a jamais eue » me donne la nausée. Je crois qu'elle ne veut qu'une chose : reprendre le fils que tu lui as pris.

Ma sœur, quand j'y pense, car je ne pense qu'à ça, je me demande quelle vie tu t'es faite ! Moi, je ne veux rien de tout ça. Je veux danser, et m'occuper d'Elie. Elie et personne d'autre.

Charles me harcèle depuis une semaine. Je le connais, il s'inquiète. Il doit penser que je me suis blessée, ou que j'ai rencontré quelqu'un avec qui je voudrais soudain faire ma vie. Quelle idée… J'aimais bien lui écrire parfois, je trouve que ça ajoutait un peu d'humanité à notre relation que j'ai, depuis le début, défini comme une non-relation. J'aimais qu'il soit dans ma vie sans avoir de titre. Avoir les effets, sans l'engagement, encore une autre fuite en avant.

Aujourd'hui je le déteste trop pour lui répondre, ce qui doit le torturer, je le sais et j'en joue. J'en éprouve à la fois une satisfaction et une jouissance malsaines, qui me sont nécessaires pour survivre à tout ça. Je lui en veux, je le déteste, et ne pas vraiment comprendre pourquoi accroît à la fois ma haine et ma colère. Ces deux sentiments de l'incompris, de l'impuissant, je crois que c'est ce qu'il y a de pire.

Si. Il a manigancé avec mon corps, tous les deux m'ont trahie et piégée ! Ils doivent donc tous les deux en payer le prix.

En ce qui concerne les Pays-Bas, dont je t'avais parlé, tu penses bien que je n'ai pas réussi à appeler la clinique là-bas, tu sais, pour me débarrasser de cette chose-là. Non, je ne suis pas capable, tu vois, je ne suis pas aussi courageuse que tu ne le crois. Alors j'espère. J'espère encore naïvement qu'il s'en ira tout seul. J'attends que la vie fasse le bon choix. Et malgré tout ça, malgré le temps qui passe, je ne vois toujours pas de ventre rond. Je n'ai pas pris de poids, de hanches ni de seins. Ce corps se joue de moi. J'ai l'impression de vivre un mensonge.

Je ne suis pas la seule dans ce cas, on appelle ça un « déni de grossesse », m'a dit l'infirmière qui semblait être la seule à comprendre mon désarroi. Soit. Maintenant qu'elle est avouée, cette grossesse, où est donc passé ce ventre dissimulé ? Je crois que j'ai besoin de le voir pour y croire, autrement je ne fais qu'éructer mes maux dans le vent, sans même savoir si je les ressens vraiment.

Ça ne m'empêche pas de continuer à nier. Chaque jour je fais des tests de grossesse, pour être sûre que rien n'a changé depuis. C'est devenu mon nouveau rituel matinal. Chaque fois je change de marque, je fais mon étude comparée, l'un plus rapide, l'autre plus *design*… J'en ris, cette situation est pour moi comme une énorme farce.

J'aurais tant aimé savoir ce que tu aurais fait à ma place. Tu ne m'aurais sûrement rien dit, puisque tu es devenue de plus en plus secrète après ton mariage. Tu serais devenue bouddhiste que je n'en aurais rien su.

Mais étrangement, depuis que je sens ce vide maternel en moi, que je ne perçois aucun signe de maternité, j'ai envie de me confier à Maman. Je ne sais pas, mon vide me rappelle le sien. J'ai envie de lui parler, d'être un peu plus douce, d'essayer de l'apprivoiser et puis de la bouleverser, une fois enfin. J'imagine sa réaction, son regard, sa stupeur. Peut-être qu'elle ne serait pas surprise, peut-être même qu'elle m'encouragerait à le garder, ou bien qu'elle me mépriserait. Elle aurait raison dans tous les cas, cette situation est faite pour ne pas prendre part, être passif et attendre de voir ce qui se passe. Elle qui n'a jamais su quoi me dire et qui m'a toujours adressée à notre père, voilà qu'elle devrait enfin faire face à sa fille. Elle devait bien me dire quelque chose, quelques mots, mais lesquels ? Je me souviens encore de sa réponse machinale et irréfléchie lorsque j'étais petite, celle qu'elle me donnait pour me faire patienter et se débarrasser : « Demande à ton père, je suis occupée. » Soit. Elle m'a appris à ne jamais avoir besoin d'une maman, et m'a donc rendue incapable de l'être.

J'aimerais lui parler, là, et lui demander. J'aimerais lui dire ce que je ne peux plus te dire. J'aimerais comprendre avant qu'il ne soit trop tard, avant qu'elle aussi ne s'en aille, me laissant à mes questions sans aucune réponse, comme tu le fais, toi, si souvent.

Il me faut parler à Maman.

Je lui en veux, plus encore aujourd'hui, mais je ne la déteste pas. Ou plus. Comme si ce quelque chose qui coule dans nos veines nous empêchait viscéralement de détester un être du même sang. J'aimerais la haïr, ne plus penser à elle, et pourtant. Pourtant, rien ne hait, rien ne le peut, et lorsque je la vois, je n'ai que de la compassion, de l'affection agrémentée d'une timide tendresse filiale qui me rappelle qu'elle aussi est en souffrance. T'ai-je dit qu'elle avait pris un peu de poids ces temps-ci ? Probablement. Et puis tu as sûrement dû le remarquer. Mais pour moi, la voir manger est une chose presque absurde. Je ne savais même pas qu'elle en avait la capacité. Pour moi, Maman ne mangeait pas, jamais, c'était acté. Maman est une surfemme, née malade, qui n'a besoin de rien d'autre que de Papa pour subsister. Voilà ce que j'avais rempli un jour, à l'école, dans la case des « métiers des parents ». C'est vrai, je ne savais pas ce qu'elle faisait d'autre, ce qui l'habitait, ce qui l'animait, ce qu'elle aimait tout simplement. Je ne savais pas, et je ne sais toujours pas ce que fait ma mère de ses journées.

Quand j'y pense, je me dis qu'Elie aussi écrira la même chose. Maman : une surfemme, et Papa : présent pour veiller à ce qu'elle le reste. Sauf qu'il l'écrira avec amour, puisqu'il ne connaît ni l'indifférence, ni le rejet, et je veillerai à ce qu'il ne rencontre jamais ces deux anti-sentiments. Ces deux plaies du cœur.

L'indifférence est exactement ce que j'essaye d'appliquer pour Charles, avec peine, car bien que je sois une habituée de la chose, je me débats encore à ce jeu-là. Cette solitude voulue dans laquelle je me suis réfugiée depuis plus d'une semaine me fait réaliser que sa présence rassurante me manque. Oui, j'aime qu'il soit là parfois, qu'il m'écoute, me dise des mots doux, des mots qui rassurent, des mots dont j'aurais grand besoin aujourd'hui. J'ai envie de lui répondre, mais je ne sais toujours pas quoi lui dire. Il est fort, plus fort que je ne le pensais, il te prend comme prétexte pour que je n'aie pas d'autre choix que de réagir. Il demande de tes nouvelles et prétend vouloir te rendre visite. Je sais que tu l'aimes beaucoup, et je sais que tu serais apaisée de me savoir dans ses bras avant que tu ne partes. Je sais que tu le crois assez fort pour moi, et que tu penses qu'il te remplacera après toi. Tu n'as peut-être pas tort, sauf que je ne veux pas d'un frère, tu n'es pas remplaçable. Le temps passe, la situation reste la même, et pourtant je ne sais plus ce que je ressens, ni ce que je veux vraiment.

Je veux parler à Maman, à Charles, à toi. J'en veux à Maman, à Charles et à toi aussi.

J'ai l'impression de vous aimer tous les trois, et je suis incapable de vous dire ces mots-là. Alors je fuis, je reste seule, j'écris et je disparais.

Je disparais oui, et dans trois mois à peine, c'est tout mon être qui sera bouleversé. Je renaîtrai, nous naîtrons. Et toi, où seras-tu, ma sœur ?

Je n'ai plus aucun doigt qui fonctionne. La machine à écrire s'est arrêtée pour de bon. J'en ris tant cette maladie est grotesque. Lors de ma dernière visite chez le docteur Laniaut, Jeanne ne voulait pas quitter la salle. Je crois qu'elle se doute de mes volontés. Ou qu'elle me lit. Pourtant cet ordinateur sauvegarde et verrouille tout lorsque je finis de dicter. Tu me lirais donc, Jeanne ? Non, pas toi, tu n'oserais pas. Je t'ai fait promettre tant de fois. Tu es bien trop juste pour faire une telle chose, et aussi bien trop peureuse. Mais si jamais par hasard tu profitais de mon infirmité pour violer mon intimité, sache que tu seras complice de ma mort, quelle qu'elle soit. Cette mort lente, douloureuse et pernicieuse. Cette mort imprévisible et violente, qui finira tôt ou tard par te tomber dans les bras. Car oui, ma pauvre Jeanne, c'est toi qui ramasseras ce tas de chair et d'os pour le pleurer avec les autres. Si tu lis ces mots et que tu n'agis pas, tu es non seulement complice, mais tu es aussi en partie une meurtrière en me laissant mourir de cette mort inhumaine. Si tu me lis, Jeanne, tu te dois de me sauver maintenant, au nom de ton attachement pour moi, ou de ta foi. Ça sera dur, mais tu t'en remettras. On se remet de tout.

Je me demande si tu pleureras. Je veux que tout le monde pleure, et j'espère que tu y veilleras ! C'est la règle de la mort. L'idée de partir sans être pleurée m'affole, me révolte. C'est le seul honneur que la mort nous offre, ainsi je pourrais partir sans aucun remords.

Alors, ce sera donc toi qui m'offriras ma fin et mes pleurs tant mérités ? Ça y est, maintenant, je veux que tu me lises, je veux t'emmener avec moi dans ce voyage. Je veux que tu agisses, et vite.

Je déraille. Je ne sais pas à qui je m'adresse, qui me lit ou me lira. Je sais que je serai lue. Maintenant ou plus tard, qu'importe, quelqu'un me lira. Et on apprendra peut-être, quoi qu'on veuille bien apprendre, ce qu'est la mort pour mieux en connaître la vie.

Et puis on me sourira d'en bas, et moi je serai là-haut, reposée de toute cette vie-là. Je ne me souviens plus de la vie lorsqu'elle n'était pas fatigante, l'époque où chaque soupir n'était pas un obstacle, chaque respiration un supplice. Quand chacune des pulsations de mon cœur n'était pas une menace d'être la dernière. Si les gens le savaient, le voyaient ou voulaient bien le voir, peut-être qu'ils sauraient comment mieux faire battre ce cœur, si fragile et prêt à s'éteindre à chaque battement. Mais non, le monde fuit, les gens s'aveuglent trop volontiers et facilement. C'est pour ça qu'ils ne restent jamais bien longtemps à mes côtés, ils me rendent visite, mais ne font qu'errer dans l'appartement. Ils viennent pour m'éviter.

Alexandre aussi commence à suivre le pas. Il est de plus en plus en forme, de plus en plus vivant. J'ai même l'impression qu'il a une autre femme, un autre amour, un début d'amour, un prémice d'histoire, bref il y a quelque chose d'autre. Il me trompe, je le sens, et j'en suis rassurée. Une femme trompée, c'est une femme, une vraie. Nous sommes donc un vrai couple, un couple comme tout le monde avec un mari infidèle et une femme trompée. Voilà enfin une chose qui fonctionne normalement chez nous. Je me sens soulagée, c'est vrai, pourquoi attendre la fin ? L'hypocrisie est détestable, Alexandre ne mérite pas ça.

Je ne crois pas que ce soit sérieux, il n'a pas encore le temps d'avoir une maîtresse, une vraie. Mais au moins, lorsqu'il rentre parfois en fin d'après-midi, juste avant de me donner la becquée, il est tout joyeux, tout sourire, il a le regard éclairé et, étrangement, ça me fait du bien. Il est beau et j'aime le voir beau. Je suis trop contraignante, je le sais, et je serais une terrible femme si je ne le laissais pas respirer et prendre un peu l'air de moi.

Je deviens lasse. Le temps a fait son temps, il faut l'arrêter à présent. Je suis lasse qu'on s'occupe de moi telle une enfant, une vieillarde ou une malade que je ne veux plus être. Je suis lasse qu'on me donne sans pouvoir donner en retour, qu'on m'aime, trop, plus, mieux, sans que je sache comment aimer, comment le montrer, comment simplement le partager. Je crois qu'on n'est pas habitué à avoir autant d'amour d'un coup. La vraie vie est trop pudique, tout ça n'est qu'une mise en scène. Chacun se rassure, alors que tout le monde sait à présent.

Elie, lui, ne change pas. Du moins, il ne me le montre pas. Je suis émue par toute l'attention soudaine qu'il reçoit. Sa tante, ses grands-mères, est-ce vraiment de la bienveillance ? Je crois bien. Mais je ne comprends pas pourquoi soudain, pourquoi autant, pourquoi maintenant, mais je me dis qu'il ne peut qu'en sortir du bien. Un surplus d'amour, c'est toujours bon pour commencer la vie.

Pour moi, c'est différent, moi, l'amour me rappelle la mort. On me chérit à mesure que je dépéris. Cette bienveillance généralisée me rappelle à ma condition et à mon impuissance face à toutes leurs bontés. Je n'ai rien fait pour mériter ça, si ce n'est de souffrir et d'être condamnée. Tout le monde est tellement bon, tellement doux que ça en devient amer. Qui oserait ne pas m'aimer ? Là où j'en suis, ce serait de l'indécence. Je ne pensais pas le vivre, le dire ou même le penser un jour, mais parfois l'hostilité me manque. Non, plus précisément, la confrontation. Ou peut-être simplement l'échange, l'altérité, la simple mais la vraie. Celle qui n'implique aucune fadaise ou politesse, aucun faux-semblant ou sourire d'apitoiement. Celle où l'on peut lever la voix, bousculer et se dire la vérité. Je n'ai plus de conversation avec quiconque, et même ma propre sœur me fait des politesses. C'est ça la véritable déchéance, bien plus que celle du corps.

Elie continue de me donner des coups dans les jambes, pour voir s'il peut « les réveiller ». Ça m'amuse, c'est le seul moment où je ris encore. On dirait Jeanne, mais qui n'a pas son charme. Chaque matin, il me demande si ça y est, si je me suis réveillée « en entier ». Pas encore, pas aujourd'hui. Il soupire, agacé. J'aime sa révolte, j'aime le fait qu'il pense que c'est ma faute, que je me complais et qu'il est temps de me relever. Seule son enfance peut me confronter, seule sa pureté juvénile me considère encore. Car oui, j'ai le droit d'être accusée, je suis encore accusable et j'ai le droit, moi, aussi d'être confrontée. C'est la particularité des êtres, et je veux encore en faire partie. Mais je ne dis rien, je laisse, après tout, pour le temps qu'il me reste…

Lorsque je vais chez le docteur Laniaut, il me dit de ne pas baisser les bras et de toujours garder la tête haute. J'aime sa maladresse. Absurde. Cocasse. Inconvenant. « Garder la tête haute. » Cela me fait presque rire et je finis par croire que personne ne me regarde vraiment. Personne n'ose. Les gens ne veulent pas faire face à ce qu'ils tentent vainement de cacher. Ils se créent une réalité à eux, ils l'aiment et la chérissent comme eux-mêmes. N'a-t-il donc pas remarqué que ma tête ne pouvait désormais plus se lever ? Que mes bras resteront à jamais baissés ?

Mais je l'aime bien ce docteur, au moins il ne réfléchit pas des heures avant de me dire une niaiserie. Il ne me ménage pas, lui, et j'aime ça. Comme j'aimerais qu'il m'aide, j'aimerais tant. Je n'ose plus lui en parler, de cette aide-là, et pourtant n'est-ce pas le devoir d'un médecin ? Ne doit-il pas secourir ses patients ?

Oui, je souffre, et il doit mettre fin à mes souffrances, il me le doit, il a prêté serment. Que les gens veuillent jouer à ne pas comprendre, soit. Mais personne ne m'a demandé si je voulais jouer. J'ai voulu, au début. J'y ai cru. Mais à présent la vie m'a rattrapée, et cette fin de vie-là m'a épuisée. « Il faut se battre », me dit Marie-Laure.

Mais se battre contre quoi ? Contre qui ? Il n'y a personne en face de moi.

« Il faut aimer la vie tant qu'elle nous est donnée », me dit le curé.

Aimer qui ? Aimer quoi ? Seuls les souvenirs sont encore entiers. Je suis un souvenir à moi seule. Je ne crée plus, je n'avance plus, je ne fais qu'accumuler, conserver, je suis devenue une statue nostalgique. On aime ce que j'étais, on m'évoque déjà avec mélancolie, on a de la peine pour ce que je suis devenue, et on regrette ce que je ne serai plus.

À mesure que je pense ces mots, je m'écoute, j'arrive à me revoir avant, dans mon autre vie, et seule l'écriture aujourd'hui me rappelle à moi. La vraie Moi. La vraie moi qui ne changeait pas chaque jour, qui ne se muait pas en statue, en un nouveau moi inanimé. La moi qui était, la moi qui vivait la vie.

Je me perds encore un peu plus chaque jour, les possibilités semblent être inépuisables, et on veut malgré tout me garder, me préserver jusqu'à ce que mort s'ensuive.

C'est inhumain.

Quand je repense à mes débuts, lorsque la maladie était encore docile, que je pouvais la manier, j'arrivais encore à jouir des instants nouveaux, de tout cet amour. Cet amour était bon, il me rendait forte car il y avait encore de quoi se battre, puisqu'il y avait encore l'espoir. L'espoir est si protecteur, si fort lorsqu'on est ignorant. Au début, il y avait encore de la vibration, il y avait encore ce bourgeonnement de vie qui me faisait tenir. Aujourd'hui il n'y a plus rien. Même ma voix s'en est allée. Même elle ne veut plus parler.

Cligner des yeux, voilà à quoi j'en suis réduite, à quoi je m'applique chaque jour depuis que je suis devenue muette. Ce silence m'apaise, on n'ose presque plus me parler. Tant mieux après tout, personne n'a jamais rien à me dire. Je me sens sage, je me sens loin, presque divine. Je rêve que mon esprit s'en aille avec mon corps, je rêve d'une justice naturelle. Je rêve de n'être qu'un cœur, seul, qui bat, intouchable. Le cœur n'a pas de muscle, le cœur est fort et invincible.

Je me suis donc mise à apprendre l'alphabet, avec les yeux. C'est drôle de voir que le langage dépasse toutes les frontières corporelles, et que l'on peut communiquer avec tout, même un battement de cils. Parler avec les yeux, voilà une belle parole. Il ne me reste que les yeux et le cœur pour parler et pour vivre. Je ne peux que vivre, je n'ai plus le choix. Mon cœur bat et mes yeux parlent, et je ne peux plus échapper à la vie.

Je ne peux ni arrêter de m'alimenter, ni m'empoisonner, deux fins de vie qui auraient été honorables, acceptables, deux sorties qu'on aurait peut-être compris. Enfin.

Je me résigne, je n'ai pas le choix. Et puis, encore une fois, on s'habitue à tout. Même à cette sonde affreuse et dégradante qui m'alimente depuis peu, puisque les muscles de ma langue sont devenus trop faibles, voire inexistants. Je l'avais déjà prédit, cette sonde-là. Elle a remplacé Alexandre et Jeanne, et c'est bien mieux ainsi. Et puis, ça me rassure aussi. Chaque bouchée avalée était une source d'angoisse pour mon entourage, qui craignait un étranglement fatal. Alors j'ai dû céder, pourtant je les aurais bien quittés sur une mauvaise bouchée. Me voilà malheureusement sauvée pour encore quelque temps. Je sacrifie ma fin pour eux, encore une fois.

Oh, mais comme je l'aurais aimée, cette mort étranglée ! Mais même celle-là, on me l'a déjà retirée.

Jeanne, si tu me lisais, tu m'aurais déjà sauvée. Tu m'aurais sentie, tu m'aurais bordée tranquillement comme chaque soir, puis tu m'aurais abreuvée, comme chaque soir. Tu m'aurais dit de faire attention, car « c'est chaud » et je t'aurais souri, peut-être sans ironie, bien que j'aie en horreur ces bonnes phrases-là. Enfin, tu m'aurais embrassée. J'aurais senti le breuvage chaud et réconfortant. Ce breuvage délectant. Un parfum de prin-

temps aurait enivré tout mon corps, une renaissance, un renouveau. Puis je me serais plongée dans un sommeil bienheureux, qui aurait mis fin au combat incessant et m'aurait enfin apporté la paix avec moi-même. Tu m'aurais accompagnée dans cette odyssée, oui, tu l'aurais fait.

Peut-être n'as-tu pas lu mes pages précédentes, peut-être celle-là uniquement ? Je dois alors me répéter.

Jeanne, tu me lis, et tu ne fais rien ? Tu es alors un monstre, un assassin. Tu jouis de ma souffrance et regretteras le jour où je partirai car tu ne pourras plus venir voir Alexandre. Oui, mon Alexandre. Celui que tu regardes chaque jour, à qui tu rends des comptes et devant qui tu fais semblant de te soucier de moi. Jeanne, je te vois, je le sais. Oui, je sais que tu le veux, mon homme. Tu le regardes, fascinée, hébétée, attendant désespérément une attention en retour. Attendant qu'il te demande, à chaque fin de journée, comment ça s'est passé, qu'il te donne la parole, et que tu puisses enfin lui parler. Tu me prends comme otage et veilles à ce qu'il soit à ton écoute, attentif à chacun de tes gestes.

Mais Jeanne, tes gestes, ce sont les miens, et tes mots n'existent que pour parler de moi. Son écoute est pour moi, et son attention aussi. Tu n'existes pour lui qu'à travers moi, sois-en sûre. Tu n'auras jamais rien de lui, et lorsque je serai partie, tu partiras aussi.

Mon Dieu, je deviens folle. Perdrais-je enfin la tête ? À force de rester seule avec mon esprit, je tourne en rond, je tourne en moi, je tourne mal. Quand le corps nous abandonne, il ne reste que l'esprit pour nous torturer. Je me torture, pardon Jeanne, pour ce que je ne t'ai pas dit.

C'est juste que j'ai simplement envie de me casser d'ici.

Ma sœur, je ne t'ai plus lue depuis une semaine. Je suis inquiète et pourtant, je n'ose pas demander ce qu'il en est. Qu'en est-il de tes écrits, de tes pensées, de tes esprits ? Qu'en est-il de toi, de ta survie ? Je crois que Jeanne te garde pour elle. Elle t'aime tellement, j'ai l'impression qu'elle a peur, qu'elle te protège sans pour autant savoir comment faire. Pourtant je suis ta sœur, et moi seule peux te lire, moi seule ai le droit de plonger en toi. Toi et moi, on est faites de la même glaise, et ta souffrance… oh oui, comme j'aimerais tant qu'elle soit aussi la mienne. Ça fait déjà quelque temps que je me sens bien seule avec les miennes, mes souffrances à moi seule, et te lire me rassurait. Mes douleurs qui n'étaient rien face aux tiennes, mes malheurs, mes peurs, tout ce qui animait ma vie et que j'aimais te partager, voilà que j'en suis soudain privée.

Il paraît que ton ordinateur très sophistiqué arrive à capter les clignements de tes yeux pour en faire des mots. Des phrases. Cet engin peut te faire parler sans que tu n'ouvres la bouche, et te faire écrire sans que tu prennes un crayon. Je l'ai lu sur internet, c'est fascinant. Alors tu écris encore, tu parles donc ! Merci Marie-Laure, elle aura fait le plus beau geste de sa vie.

Tandis que chaque jour tu perds un peu plus ton être à mesure que j'en gagne, j'ai besoin de savoir, de partager notre mal-être, notre mal d'être. Où sont tes mots ? Ceux qui nous liaient, qui nous protégeaient ?

La vie nous dépasse, elle t'atténue, te diminue, tandis qu'elle me dédouble, m'intensifie. Tout n'est que dépassement, je n'ai rien choisi dans mon existence, seul mon mal a eu raison de moi. Ce n'est que lorsque je t'écris que tout semble si simple, lorsque je te lis que tout semble réel et authentique. Mon existence n'est qu'un schéma pathétique et sans espoir, tandis qu'avec toi, je vois de la lumière, du possible, je vois plus de vie.

Ma complaisance solitaire, l'absence, le vide, l'attention, le contrôle, la peur, tout ce qui s'était imposé à moi comme une nécessité fondamentale. Une survie. Avec toi, j'ai l'impression d'en sortir. Souffrir ce corps qui me torturait chaque jour comme tu souffrais du tien, nous étions bien deux à nous battre. Mais où en es-tu à présent ? Ta perte contre la mienne, nous sommes toutes les deux quelque part, nous avons avancé, mais je ne sais plus où tu es.

Tu me manques, tes mots me manquent, et la danse aussi. Je danse de moins en moins, ce corps me l'empêche, je suis de plus en plus prisonnière, je ne peux plus vivre pour moi seule mais bien pour deux. On ne peut pas danser lorsque l'on devient deux. Alors je pense à elle, avec envie et nostalgie.

La danse est belle à mesure qu'elle terrifie, pure, à mesure qu'elle est cruelle. La danse, c'est la vie dans tout son engagement, son renoncement et son avidité. La danse, c'est le corps qui fulmine, qui déborde de vie, c'est le corps qui crie.

Pourquoi donc les petites filles ont toutes en elles cette pulsion de danser, cette pulsion de vie à la fois créatrice et destructrice ? Pourquoi veulent-elles se battre dès l'enfance ? Pourquoi veulent-elles déjà goûter à la souffrance ?

J'imagine qu'elles pensent à la danseuse parfaitement belle, parfaitement coiffée et apprêtée. La danseuse momifiée, la danseuse rêvée. La danseuse légère et gracieuse, l'insaisissable, l'aérienne. La danseuse qui n'a peur de rien, avec cette fragilité innocente qui la rend douce et mélancolique. La danseuse qui n'a de vie que pour son public. L'Opéra, l'école des mélancolies.

Mais moi, chaque fois que je sortais de l'Opéra, ma vie s'éteignait soudain, elle s'assombrissait, un vide abyssal se créait en moi. C'était hier, c'était là, pourtant c'est si loin. Après chaque fin de représentation, lorsque le rideau tombait, que je rentrais chez moi, atténuée et esseulée, j'avais le sentiment de m'abandonner, comme si j'étais restée là-bas, sur scène, et que mon corps seul s'était arrêté de danser. Danser, c'est aussi mourir. Chaque fin de mouvement, chaque fin de balancement, chaque fin d'harmonie me tarissait. S'éteindre, à mesure que le combat prend fin. Chaque montée sur scène, chaque répétition, chaque exercice était une victoire sur moi-même, un triomphe et une renaissance.

Se tordre, se tirer et s'étirer, je tourmentais mon corps, je le brimais parfois, mais au nom de quoi ? Au nom du beau. Du Parfaitement Beau. Et lorsque cet extrême, cette élévation suprême et éphémère était atteinte, venait inexorablement l'instant de l'effondrement. La danse ne dure que le temps d'un jaillissement, telle est la loi despotique du mouvement.

« Elle a dansé avant même de savoir marcher », a dit un jour Papa à Catherine, à la sortie d'une audition. Elle ne m'en considérait que mieux. Cette prouesse soi-disant naturelle m'érigeait au rang de danseuse innée. « Oui, elle a ça dans le sang », avait-elle répondu avec un air prétendument objectif. J'ai toujours été la préférée de Catherine, je ne sais toujours pas pourquoi. Personne ne m'en a voulu, mais je n'ai pas vraiment eu d'amies dans la classe. Des camarades, des consœurs, des partenaires de danse, mais confinés à la cordialité, la bienséance, sans familiarité ni réelle intimité.

C'est étrange, car nous sommes presque nues ensemble, nous dansons et souffrons chaque jour les unes à côté des autres, nous formons toutes ensemble un corps, nous ne faisons qu'Un face à la scène, et pourtant, nous sommes toutes seules. Non, je n'ai pas d'amies, mais il me semble qu'elles ne le sont pas non plus entre elles. Comme pour se détacher de cet entre-soi, respirer, se libérer, nous ne nous sommes jamais vues en dehors, dans la « vraie vie », dans le « vrai monde ».

Un jour de rentrée, il y a deux ans je crois, Catherine m'a prise en otage, en étalage devant la classe en montrant mes courbes restées aussi uniformes qu'avant l'été. Aussi informes qu'avant la puberté. Il ne fallait surtout pas prendre, jamais, au risque de ne plus pouvoir voleter et virevolter. Le moindre gramme aurait été un embarras, une menace. Le moindre relief, la moindre chair. La liberté de l'été amène toujours quelques ampleurs aux filles, quelques rondeurs insignifiantes, dues à la joie de vivre, mais qui ont toujours eu le don d'exaspérer Catherine. Moi seule échappe à cette allégresse de fin d'année. L'été, je ne mange jamais. « Voyez Aurore, avec quelle rigueur et consistance elle maintient son corps. C'est avec cette même persistance qu'elle maîtrise ses déboulés, entrecoupés, ses cabrioles et pas de bourrée. Précision, rigueur et perfection. Seul un corps contrôlé peut produire de vraies performances accomplies. »

Catherine m'a toujours poussée à me dépasser, à aller plus loin, à être plus dure, plus sévère et plus stricte avec moi-même. C'est l'obsession de la perfection que nous partageons elle et moi, une transmission, comme un lien de filiation. Catherine a très vite représenté mon unique figure d'autorité féminine, l'indocile, la rude, celle qu'on respecte par peur et affection à la fois. Cette figure qui effraie et rassure, qui élève mais qui parfois tyrannise. Cette année, elle prendra sa retraite. Le décompte est aussi enclenché pour elle, je m'apprête à perdre un autre repère, que je ne vois toutefois pas comme une perte, plus, peut-être, comme une libération. Catherine s'en va, mais c'est son temps à elle, on le savait, on s'y est préparées. Je suis étrangement sereine.

Une professeure de danse représente beaucoup pour une danseuse, mais je crois que ma tristesse est atténuée par toi et ton temps prématuré. C'est ton injustice, ta contre-nature qui me fait tolérer la nature. Catherine mérite son départ, il est juste, j'étais prête pour ça.

Toi, je n'y arrive toujours pas. Je ne suis pas prête à l'injustice. Les bienfaits du temps n'ont pas d'effet sur moi. Il passe, mais rien ne se passe. Je ne peux pas.

Alors je continue à t'écrire mes souffrances, encore, mais tu es plus loin de moi. Plus que jamais immobile à présent, je t'imagine emprisonnée en toi. J'aimerais avoir peur de la mort et m'agripper à la vie comme je te vois t'agripper à la tienne, coûte que coûte, avec les derniers débris de force qu'il te reste.

Une vie pour la tienne ; cet enfant, je l'aurais rendu pour toi. Et cependant, avec le temps qui malgré tout assagit, le temps qui adoucit et affaiblit les rancœurs, je me dis qu'une vie après le tienne, c'est peut-être un espoir de survie. Entouré de cette même famille déchirée, et de cette mère brisée que je serai, cet enfant sera un enfant de la délivrance. Oui, on ne peut pas être triste face à la vie. On n'en a pas le droit. Alors, lorsque je pense à cet enfant à présent, je pense au vide qu'il comblera, à la lumière qu'il apportera, je pense égoïstement, je n'y arrive pas autrement. Je ne sais pas faire semblant, tu sais bien, et ici, je n'ai honte de rien. Si un enfant naît après la mort, il ne remplace rien, mais il comble. Il comblera le manque, oui, et peut-être qu'il comblera aussi de joie. J'espère un peu.

Charles est au courant. Ça y est, enfin, depuis ce matin. Un message froid, quelques mots, les mots qu'il faut, juste ce qu'il faut. Il continue pourtant de me harceler et exige de me voir. Il pense naïvement qu'avoir mis cet être en moi lui donne la mainmise sur moi. Ça me touche, je ne saurais pas dire pourquoi. Il me somme de lui répondre, lui qui ne m'a jamais rien imposé. Autoritaire, il en devient presque attachant.

Je ne veux pas encore lui parler de vive voix, ou le voir, car je ne sais pas encore quoi lui dire, ni comment. J'aurais aimé lui raconter des horreurs, celles qui vrombissaient en moi il y a quelques semaines de ça. J'aurais aimé lui faire croire que c'est trop tard pour avorter, mais que si j'avais pu, je l'aurais fait. Que je ne veux ni du père ni de l'enfant, que ma carrière serait finie et que ma liberté aussi.

La danse ou la vie, je n'ai pourtant pas eu le choix.

Mais je ne lui dirai rien de tout ça. L'écrire suffit à m'écœurer de moi. Je ne ressens plus rien de tout ça, je ne ressens que du vacant mais, peut-être à présent, un peu d'espoir…

Depuis que je ne te lis plus, je ne peux plus te voir. L'idée même me révolte. Je ne supporte plus de venir, de croiser Alexandre et son affolante sérénité, Jeanne et son optimisme indécent, Maman et sa comédie absurde, et puis toi. Surtout te voir toi, au milieu de tout ça, regarder, observer, écouter, sans jamais parler. Jeanne me dit que tu émets des sons encore, difficilement, que tu peux dire parfois des mots. S'il y a encore des mots, c'est qu'il y a de la vie, donc !

La vie sans vie, pourtant tu es là et tu continues, parce que c'est la loi de l'existence. On s'engage à la naissance, et on subsiste jusqu'à la fin, jusqu'à notre fin. On ne décide de rien. On subit.

Mais je ne peux pas te voir en vie comme ça, je fuis, j'ai peur et je te le dis.

Pardon.

Pardon, mais ça n'est que loin de toi que j'arrive à voir un peu de lumière, un peu d'espérance dans ce tourbillon mortuaire. Si je te voyais, je serais décontenancée, je serais dissoute et je perdrais espoir en tout.

Je sais que je ne serais pas bonne pour toi, il te faut des gens forts et vivants autour de toi.

Et puis, oui, j'admets mon égoïsme qui me force à ne pas accepter un dernier souvenir de toi moribond, un souvenir finissant. Je ne veux pas, et tu ne le voudrais pas non plus. Je me sentirais complice de cette plaie qui te maintient encore animée alors que plus rien ne vit.

J'aimerais te sauver, pourtant, impuissante, je ne saurais pas comment.

À la lecture de tes premières lettres, au début, je m'imaginais t'enlever et partir loin. T'emmener en Suisse, ou en Belgique, là où les morts douces sont permises. Je me sentais de te donner ce que tu n'avais pas osé demander. Et puis, j'en ai parlé à Jeanne, qui elle-même en a parlé à Alexandre, et qui m'ont tous deux traitée avec mépris et indignation. Ils n'ont pas voulu y penser, ni même se questionner. Non, le non catégorique et absolu, le non aveugle et autoritaire qui ne traduit rien d'autre que l'étroitesse et la médiocrité. L'évidence de la leur. Ils te veulent tous jusqu'au bout, ces rapaces, et moi je suis comme toi, paralysée de ne pas pouvoir t'aider. Mais comment savoir ce que tu veux vraiment à présent ?

Et cette Jeanne qui doit te garder pour elle. Que fait-elle de tes mots ? Les donne-t-elle à Alexandre ? Elle qui désormais ne fait qu'acquiescer à ses dires, le suit partout, le regarde avec adoration et se met entièrement à sa disposition. C'est un spectacle effarant, à croire que Jeanne est devenue son Alexandre à lui, valsant de ton ombre à la sienne, comme tous ceux qui ont peur de la lumière et vivent une vie d'étroitesse. Ça doit lui faire du bien, à Alexandre, après toi, il doit en avoir besoin.

Je sais qu'il n'a encore d'yeux que pour toi, mais il doit déjà chercher les différents moyens qui l'aideront à supporter cet « après ». Cet après-toi, ce néant qui accaparera tout l'espace après ton départ. Effroi, soulagement, cette chute lente et pernicieuse que tu subis aura enfin cessé.

Justice.

Pardon. Pardon ma sœur de ne plus être assez forte pour toi. De ne pas pouvoir te venger contre la vie qui t'a trahie trop vite. Pardon de ne pas pouvoir me battre avec toi et t'épargner. Pardon de ne pas assez vivre, peut-être pas assez bien. Pardon de ne pas avoir été heureuse avant, et de ne pas avoir compris la vie plus tôt. Pardon de ne pas t'avoir comprise, toi, et de ne même pas avoir essayé.

Toute mon enfance, je t'ai imaginée, je t'ai inventée, refusant de te voir comme tu étais. Je t'ai tout fait porter, et toi, tu ne m'as jamais rien reproché. Ma douceur, ma douce sœur, pardon et merci.

Mais moi j'attendais ce jour, où nous nous retrouverions ensemble, dans des temps plus paisibles, moi la femme nouvelle, toi la femme de toujours. J'attendais qu'on soit prêtes, prêtes à prendre le temps de prendre notre temps, toutes les deux, loin des autres, loin du monde. Nous aurions inventé notre futur en réinventant notre passé. Tu m'aurais soutenue par amour, et non par nécessité, car devenue une femme forte et femme comme toi, je n'en aurais plus eu besoin. J'attendais oui, et j'avais tort, car la vie c'est maintenant.

On attend toujours un futur en croyant qu'il nous sauvera du présent, mais on ne laisse aucune chance au présent, et il arrive que le futur n'arrive jamais.

Aujourd'hui, en mal du futur, je me suis replongée dans notre passé et j'ai mangé un de tes caramels. Ceux que tu m'achetais dans notre enfance, je les ai retrouvés. Les mêmes, enrobés de chocolat noir, fourrés au caramel dur et doux à la fois. Étonnant, je crois que j'ai aimé ça. Peut-être la grossesse, ou la tristesse, j'en ai savouré deux ce matin. C'était bon, c'était caressant et doucereux. C'était l'enfance qui me chatouillait le palais, l'enfance qui me revenait pour m'amadouer. J'ai cru pleurer un peu. Depuis que je suis deux, je suis plus sensible à la vie. J'ai l'impression d'être plus douce, plus vulnérable et plus courageuse à la fois. Depuis que je suis deux, j'ai l'impression d'être plus, plus moi, plus vivante. J'aime plus, ou mieux, enfin, j'ai envie d'aimer.

Après avoir dégusté ces petits caramels, je me suis décidée à écrire à Charles, plus longuement, plus tendrement cette fois. Il mérite. Je lui ai fait part de ma décision, celle que j'ai prise seule, tandis qu'il aurait dû la prendre avec moi. Je ne lui ai pas laissé le choix, c'est l'injustice biologique qui donne raison aux femmes. C'est bon d'avoir le pouvoir pour une fois, bon de pouvoir décider seule qu'on peut être deux, ou trois si on le veut. Mais il y a un manque, c'est vrai, un goût d'incomplet. Jusqu'à présent, je voyais cet enfant comme le sien, mis en moi sans mon consentement. Je ne le sentais pas, et refusais de le voir. Aujourd'hui, plus mon cœur s'adoucit, plus je sens cet être prendre vie, s'animer en moi et me réanimer. J'ai presque envie de l'aimer.

J'ai même pris du ventre, un peu seulement. C'est un début. Je l'accepte, j'accepte qu'il grandisse, qu'il prenne de la place pour se déployer et s'épanouir en moi.

Oui, c'est bien ta petite sœur, faible et craintive, qui s'apprête à devenir le commencement de ce qui pourrait être une femme. D'une certaine manière, sous une certaine lumière... avais-je besoin de ça pour l'être ? Peut-être. Chaque femme a besoin de quelque chose qui la rappelle à elle-même, d'une pulsion, d'un signal. Cette vie, c'était mon signal.

Depuis que j'ai accepté d'être habitée, je n'ai presque plus de peine ni de douleur. Comme si je n'avais plus le droit, pour Lui. Je m'en veux, j'aimerais continuer à souffrir pour toi, mais ce qui m'habite m'en empêche.

Et toi, ressens-tu encore le mal ? Depuis que tu es dans cet état, jamais je n'ai osé te poser la question. Peut-on avoir mal à un corps que l'on n'a plus ? Peut-on souffrir de ne plus ressentir ? J'ai encore un peu mal, et c'est pour toi. Je bouillonne, ça bout en moi. Si ça bout, c'est que ça vit !

Je t'ai dit que je le sentais, cet être. J'ai l'impression qu'il cogne en moi. J'imagine, peut-être. Il doit cogner pour toi.

Tu es la première à qui je me confie. Alors je l'admets, je crois bien que j'ai aimé ça. J'ai aimé me sentir habitée, sentir mon ventre, qui m'a si longtemps tourmentée, se laisser être, se relâcher et s'abandonner enfin. « Rentré le ventre, toujours rentré », la voix de Catherine m'est revenue à ce moment-là. J'ai ri. J'ai joui d'en être si loin, d'en être libre. Cette voix ne m'atteint plus, car je ne suis désormais plus seule.

Je me souviens de ton ventre à toi lorsque tu étais enceinte. Ton ventre rond comme la lune, et vivant comme le jour. Tu étais si radieuse, si lumineuse, c'en était troublant. Tu te plaignais d'être déjà si épuisée et si grosse, mais ton teint rosé, tes cheveux voluptueux, ta poitrine ondulante et tes formes respirantes t'arrosaient de féminité. Tu étais belle et tout le monde le voyait. Je me rappelle Papa, tant ému qu'il n'osait plus te toucher ni t'approcher. Il restait pudiquement distant face à sa fille ronde et abondante, sa fille en devenir mère. Maman, elle, échouait dans les méandres de la maigreur et se protégeait de ta maternité qui soudain l'envahissait. Je me demande si elle a été capable de nous allaiter. Je ne lui ai jamais demandé, ni pour toi, ni pour moi. Je n'ai jamais vu non plus de photos d'elle enceinte, Papa affirme qu'il n'y en a eu que très peu car, à l'époque, ils ne pensaient pas à en faire. Peut-être que ça n'a jamais existé. Chaque fois il me dit qu'il les cherchera, chaque fois il ne les trouve pas. Plus tard. Comme s'il fallait protéger la vulnérabilité de Maman, je n'ai jamais rien vu d'autre qu'une mère qui n'y ressemblait pas, une mère dé-maternée.

En regardant mon ventre, je repense au tien et imagine celui de Maman. Je pense à vous, les premières femmes de ma vie, et je me dis que peut-être, c'est possible, que peut-être moi aussi j'en serai une un jour. Une femme, une vraie. Une femme dans toute sa faiblesse et sa vulnérabilité. Une femme à la fois forte qui n'a pas besoin d'un homme, mais qui en a simplement envie. Une femme libre, avec un homme libre aussi.

J'aimerais que Charles sente que j'ai envie de son épaule, j'aimerais qu'il vienne sans prévenir et qu'il me prenne dans ses bras, là, tout de suite. J'aimerais ne rien avoir à lui dire, je suis trop lâche. J'aimerais qu'il brave mon animosité, et qu'il me dise qu'il m'aime, simplement. Et puis comme je ne répondrais rien, il continuerait de parler en s'affirmant, en s'imposant, il me donnerait envie de le suivre, faire semblant un temps de résister, avant de me laisser enfin aller.

J'aimerais, oui, je crois que j'aimerais bien ça.

Esseulée bien qu'entourée, ce genre de phrase dont je n'ai jamais senti le sens et qui, plus que jamais aujourd'hui, est vrai. Ma vie se résume à l'attente permanente. J'attends impatiemment que les gens se lassent, qu'ils comprennent que je n'ai pas besoin de leur soin ni de leur soutien. Je ne suis plus malade, il n'y a plus rien à guérir, plus rien à soutenir, il n'y a plus rien à ranimer puisque tout s'en est allé.

Alexandre s'enferme de plus en plus dans l'esclavage. Il ne sort même plus, et je ne comprends pas pourquoi. Ce n'est plus Jeanne qui s'occupe des tâches ingrates, car lui veut tout faire. C'est lui qui chaque matin change cette sonde, ma sonde de vie, qui désormais alimente non seulement mon corps, mais aussi mes poumons d'un air que je ne suis plus capable de respirer par moi-même. Oui, depuis quelques jours, il veut tout faire seul, Jeanne n'est là que pour la compagnie, que pour faire joli. Il ne lui parle jamais, du moins pas devant moi, et ne la regarde presque pas. Il est de plus en plus souriant, présent, et fait tout ce qu'il peut pour me rendre la vie plus accessible et moins rugueuse. Mais ses sourires sonnent faux, par pitié, je n'aime plus les sourires. J'aimerais lui dire que je l'aime, une dernière fois, j'aimerais pouvoir encore dire ces doux mots que je ne lui ai pas assez dits. Et puis partir en regardant ses beaux yeux verts s'éclaircir, son sourire vrai, qu'il me donne un baiser et que je puisse m'en aller.

J'aimerais lui murmurer à l'oreille des mots tabous, des mots doux et des mots indécents. J'aimerais le chatouiller, le mordre et le lécher. J'aimerais jouer avec lui, j'aimerais lui dire des conneries et qu'on en rie. Oh oui, qu'on puisse rire fort et violemment, comme au temps d'avant. J'aimerais faire ça une dernière fois, pour rattraper la vraie dernière fois dont je ne me rappelle même pas.

Mais ma bouche ne répond plus, et mes phrases aujourd'hui ne sont dites et écrites qu'avec les yeux. Lettre par lettre, point par point, j'ai à présent le temps de penser et repenser à chaque mot qui suit. J'ai le temps de me rétracter sur chacun d'eux, si je veux, et je peux les transformer, les rendre plus doux, plus positifs, plus hypocrites et plus édulcorés. Je crée. Laborieusement certes, mais il y a quelque chose, encore. Au moins.

En attendant cette fin, encore. Cette fin qui n'en finit pas.

Mais qui a donc pitié de moi ? La fin s'étire, elle dure, elle perdure, cette fin infinie.

J'ai dit, enfin qu'ai-je dit, j'ai cligné à Alexandre ce matin, que je ne voulais plus voir Elie. Oui, je refuse. Mon propre fils, ma lumière, ma joie, mon tout, n'a plus le droit de voir sa mère. Entourée de tuyauterie tel un évier bouché et poreux, ce n'est pas ce que je veux qu'il garde en mémoire de moi. Je ne veux pas qu'il voie cette horreur et l'associe à sa mère. Je ne veux pas qu'il y pense ou qu'il se souvienne, *je veux au moins qu'il ait une image propre et nette de sa mère. Je ne sais même plus à quoi je ressemble, Alexandre ne pense pas à m'emmener devant un miroir, ou alors il ne le fait pas. Volontairement ou pas, c'est mieux comme ça.*

Si je me voyais, je crois que je serais écœurée. Alexandre l'a compris, il a souri nerveusement et m'a embrassée, comme chaque matin, le front puis la joue. Bien sûr qu'il ne m'embrasse plus sur les lèvres. Ces lèvres sèches, arides et décharnées, qui voudrait y déposer un baiser ? Mon mari ne fait désormais plus que me porter et me supporter. Cette fin que j'appréhendais avec tourmente et inquiétude il y a encore peu de temps, voilà qu'elle m'a saisie, elle s'est enfin emparée de moi et fait désormais perdurer indéfiniment la captivité.

Cette fin lâche et misérable, incapable de m'enlever vraiment alors que la vie m'a lâchée depuis déjà bien longtemps. Faible. Je suis à présent engouffrée dans un tunnel transitoire qui m'empêche d'avancer. Mon état « se stabilise » dirait le docteur Laniaut. C'est ce qu'il aurait dit à Alexandre, pensant peut-être le rassurer ou le réconforter. Mais non, il aurait fallu qu'il apprenne à être stable bien avant, cet « état » là. De quoi parle-t-on ? De quel état ? Ça fait bien longtemps que je n'ai plus d'état.

Cloîtrée dans ma chambre, face à la fenêtre qui donne sur le jardin, je ne m'ennuie même plus. Je me suis attachée et détachée de l'ennui. À force de m'ennuyer, je m'y suis habituée, avec un certain attachement, car j'aime ce mot « attache », depuis que mon corps se détache. Jeanne me raconte ce qui se passe dans la maison. Chaque mouvement, chaque détail, chaque vie de chacun. Rien ne change, et rien ne me manque. J'ai presque oublié ma vie d'avant, la physique, la sensible, celle où j'étais encore dedans. C'est presque un soulagement, mais j'aime écouter ses détails, je suis curieuse du regard qu'elle porte sur cette vie qui fut la mienne, et qui continue de s'animer sans moi. Elle me touche par son sérieux et sa bienveillance, elle me décrit toutes les scènes comme dans un livre, tentant d'être neutre et de n'émettre aucun jugement. Peut-être qu'elle ne juge pas vraiment, elle, c'est vrai, tout le monde n'a pas ce défaut-là.

Maman semble camper chez moi, et ma belle-mère viendrait souvent aussi, pourtant, je n'en sais rien, je ne les vois que brièvement, une fois dans la journée, ou tous les deux jours, et j'en oublie qu'il y a une vie au-delà de ce lit.

Maman dort aux côtés de mon fils, et ça non plus, je ne peux pas le voir. Ça me gêne un peu je l'avoue, mais qu'est-ce que je peux y faire à présent, je suis déjà loin, je suis partie tout en restant là.

Là, face à ma belle fenêtre ensoleillée, j'ai l'impression qu'elle est à moi seule. Je ne peux plus sortir, alors j'en rêve, face à ma fenêtre. Je regarde ce soleil de printemps encore doux et inoffensif, qui me berce de sa chaleur et de sa lumière. Il y a l'odeur, aussi, qui me fait du bien. Celle du muguet qui m'a toujours animée, toujours mise en joie. J'ai l'impression d'être une abeille qui s'est posée là, immobile sur une fleur, qui ne volera plus certes, mais qui a trouvé sa fleur, enfin la sienne. La nature me fait du bien, immuable comme moi, j'ai l'impression qu'elle me comprend. Je regarde les feuilles qui s'agitent au contact de ce léger vent printanier, c'est à la fois beau et amusant. Comme c'est fragile une feuille, ça vibre au moindre souffle, ça se brise au moindre coup. Je prends soin d'admirer chaque peinture de la Nature, chaque couleur et chaque tonalité, et puis j'ai l'impression d'en faire partie, de ces décors, ces paysages, ces formes et ces nuances impérissables.

Jeanne ne manque pas non plus de me détailler chaque fait et geste d'Elie. Elle pense bien faire, mais avec lui, elle le fait mal. Elle me fait mal. Ne plus pouvoir voir son fils et en entendre parler, c'est comme expérimenter la mort avant de la vivre. Ne plus le prendre dans mes bras, ne plus lui parler ou l'écouter, c'est la pire de toutes les morts. La mort d'une mère.

Pour ce qui est d'Alexandre, Jeanne n'en parle que très rarement. Je me doute bien qu'elle se sent gênée, qu'elle ne saurait quoi me dire puisqu'il est sans cesse à mes côtés. Il ne la regarde jamais, à tel point que ça en devient suspect. Peut-être la regarde-t-il dans la pièce d'à côté ? Peut-être se voient-ils en secret, ou sans secret, d'ailleurs. Il n'a plus besoin de me cacher quoi que ce soit, je ne lui demande rien, et nous ne parlons de presque plus rien. Parler en clignant, il n'y a rien de plus éreintant, c'est une prouesse physique des plus laborieuses et des plus abrutissantes. Ça me lasse, je ne fais que répondre simplement et évite tous les détails inutiles. Est-ce bien encore un langage que d'agiter les yeux pour se faire comprendre ? Est-ce bien communiquer que de lutter pour chaque lettre qui forme un mot ; chaque mot qui peine à devenir phrase ; et chaque phrase qui s'éprouve pour seulement être. Et puis disparaître. Et puis quoi ? De quoi peut-on parler à ce stade ? Raconter ce que j'ai fait aujourd'hui ? Ce que je ressens ? Ce que j'aimerais ? Il n'y a plus rien à cligner.

Ah, si, je peux encore pencher la tête. Alors je la penche à droite pour oui, gauche pour non, ça fera l'affaire d'ici là. D'ici à là-bas, d'ici-bas à Là.

Mais je préfère qu'on me laisse à ma fenêtre. Il fait si bon, parfois j'ai l'impression qu'on me vole à la vie, la vraie, lorsqu'on vient bouleverser mon petit monde à moi, celui d'où je médite, d'où je me berce de chaque frémissement de vie.

Ce monde qui me rassasie de sa poésie champêtre et idyllique. J'ignorais cette Nature qui aujourd'hui me maintient en vie, cette Nature pour laquelle désormais je survis. Comme si avant de la rejoindre, je faisais connaissance avec elle, je l'apprivoisais paisiblement.

Je peux sentir et ressentir encore.

Je peux respirer son parfum de quiétude et je jouis de la douce ivresse printanière qui me charme par ses senteurs bucoliques.

Je plonge alors mon être alangui dans son sein agreste, débordant de miel, d'un nectar inaccessible.

Elle me caresse, cette terre de ma terre, et je succombe devant elle, mon verger solitaire.

Et puis je m'abandonne, accablée par ce trop-plein de vie, abreuvée de par sa vanité, je peux enfin me délaisser.

Ciel et terre, me voilà désormais interdite. Et si je pouvais ne serait-ce que te prononcer, je hurlerais, oui, je hurlerais. Liberté.

Mes pensées se perdent, mes pensées m'accablent d'elles-mêmes. Je ne sais plus si j'écris, si je rêve ou si je survis. Rêver pour survivre. C'est ça ma nouvelle vie, ma vie d'esprit. Personne n'est là pour me retenir, je suis déjà partie.

Personne ne vient.

Alexandre, Jeanne, Aurore, quelqu'un ! Il est temps. Il est temps depuis déjà trop longtemps.

Après avoir parlé à Papa, j'ai pensé te rendre visite aujourd'hui, officiellement, te prévenir avant, et franchir enfin le seuil de ta chambre interdite. Puis j'ai appelé Jeanne, par précaution et par peur. Elle m'a dit que Maman était déjà avec toi, comme tous les jours à présent. Elle vit presque chez toi, se nourrit de toi, tandis que tu n'es même plus là pour le voir. Jeanne me dit que tu es contente, que ça semble te faire du bien. « Semble », voilà maintenant qu'elle doit décrypter tes sentiments. Comment le fait-elle ? Tes sourires ? Tes battements de cils ? Tes sons émis ? Ton regard dans le vide ?

Qui est-elle pour te comprendre ?

Je suis un peu jalouse, oui, c'est vrai. De Jeanne, de Maman, de Marie-Laure, de tout ce qui te tourne autour malgré toi. Je suis jalouse de cette nouvelle union dont je ne fais pas partie, cette union féminine dont je me suis moi-même exclue, exaspérée, atterrée. Je suis jalouse de cette attention, de cet égard, de cet amour soudain que l'on ne mérite que lorsqu'on est déjà trop loin.

Où es-tu, ma sœur ? Où en es-tu ?

J'imagine que Maman veille sur toi, qu'elle tente de te rassurer peut-être. Elle qui ne l'a jamais fait pour moi, il était temps de le faire pour toi.

Te parle-t-elle ? Comment lui réponds-tu ? Je ne sais même plus comment tu parles. Je n'ose plus rien demander de peur de pleurer. Ces larmes que je ne saurais peut-être même plus verser.

Que fait Maman lorsqu'elle est chez toi ? Que t'apporte-t-elle de plus que ce que tu n'as déjà ? Tu n'as pas besoin d'un cadavre humain avec toi. Papa dit que depuis qu'elle découche chaque soir, elle continue à prendre du poids, et ce nouveau lien serait aussi bon pour elle que pour toi. C'est presque absurde, la maladie de l'une profite à celle de l'autre.

À quoi ressemble-t-elle avec plus de chair ? Plus de couleurs, plus de vigueur ? Maman a toujours eu de beaux traits, sa maigreur ne l'a jamais empêchée d'être belle, au contraire, son dessèchement lui a conféré un air dramatique, une allure spectrale qui la rend éblouissante, je trouve. Marcher à ses côtés, c'est marcher aux côtés d'une ombre, aussi étiolée, aussi aiguë qu'envahissante, mais une belle ombre, majestueuse et envoûtante.

Ainsi tu es devenue sa fille protectrice, la salvatrice, celle qui lui rend la vie à mesure qu'elle te quitte. Sa fille qui part sans prendre la peine d'être remplacée. Faut-il que je me meure aussi, pour que Maman se souvienne qu'elle a aussi une autre fille ? Pense-t-elle seulement à moi parfois ? Je ne crois pas. Je n'ai jamais su comment attirer son regard, ni son égard. Pourtant, je te l'ai dit, depuis quelque temps j'aimerais la voir. J'aimerais qu'elle me voie. Qu'elle voie mon ventre soudain bombé. Qu'est-ce qu'elle dirait ? Et si elle réagissait, comme une mère, avec émotion et générosité ? Et si désormais elle le pouvait ? J'y crois en secret, mais sans vraiment espérer.

Avec Maman, je n'ai jamais rien su. Ni avec toi non plus, mais toi c'est différent, avec toi, je n'ai jamais pu faire semblant. Maman, elle, n'a fait que préférer le faux du vrai. Et après tout, c'est peut-être ça qui nous a protégées, qui nous a épargnées, elle et moi. Ne pas se confronter, ni s'affronter, se fuir sans se haïr, être ensemble, être proches sans le sentir.

Oh oui, maintenant que j'y pense, j'aimerais qu'elle voie mon ventre, j'aimerais qu'elle nous voie, lui et moi, agrégés, assemblés, j'aimerais qu'elle me voie être une autre femme, celle qui est deux à présent.

Il ne me reste plus que deux mois et demi avant la « libération », et pas un jour ne passe sans que je pense à elle, sans que je tente de l'imaginer avoir été comme moi, mais avec moi.

Angoissée, excitée, apeurée, tout en moi est troublé, car je sais que ma vie va être bouleversée. Ça commence d'abord par le corps tout entier, puis une fois libérée, c'est la vie elle-même qui est chambardée. Renouvelée, renouée, j'ai envie de me réconcilier, j'ai envie de lui crier que je la comprends mieux désormais, que je la sens, que je suis prête. Prête à être mère et à en avoir une.

Je me sens si différente, de jour en jour je m'apprends, je me découvre et me vis autrement. Une constante métamorphose, à la fois comme et à l'opposé de toi. J'attends ces deux mois avec impatience et exaltation, j'attends cette fin qui ouvrira le commencement. Ma fin à moi, elle, sera un commencement.

Tu sais, je crois que je suis heureuse, de plus en plus, et à la fois honteuse de l'être. Oui, encore. Honteuse de jouir d'une vie que l'on t'enlève. J'ai envie de t'enlacer pour que tu ne partes pas, danser pour que tu puisses me regarder, et être apaisée. Non, ce serait trop indécent. Et venir te voir à présent serait presque outrageux, ce serait insolent. Non, je ne peux plus venir dans cet état-là, cet état de plénitude, cet état de trop-plein de vie. Je me sentirai trop, oui, je serai de trop.

Comme je me cache de toi, mais aussi des autres qui ne savent pas, Papa m'a appelée pour m'inviter à dîner chez eux demain soir, mais j'ai prétexté un filage. Nouvelle tournée de *La Bayadère*, entraînement intensif, deux mois et demi d'absence. Facile et plausible, avec eux, je n'ai jamais eu à chercher bien loin pour me débiner. Et puis, qu'il me croie ou non, ça ne change rien, il n'insiste jamais pour rien.

Deux mois et demi d'attente, et je me défile encore, oui. Pourtant je suis maintenant prête à l'idée de voir Maman, et même à la voir vraiment. L'idée me plaît, la réalité m'effraie. Encore un peu. Papa ne me manque pas, lui, car il a toujours été là. Plus ou moins, ou juste assez en tout cas. Qu'il me voie double ou pas, il ne réagira pas. Dans deux mois et demi, il sourira, il m'embrassera et voilà, il aura rempli son devoir.

Et toi, où seras-tu dans deux mois et demi ? Mon doux, mon bel oiseau en cage ? Peut-être seras-tu enfin en train de papillonner dans les nuages, ceux qui sont parsemés de violettes et de lilas, comme dans les dessins d'Elie ? Le dernier était magnifique, tout était bleuté et rosé, chaque fleur parsemait le ciel, et tu scintillais au centre, tel un soleil volant. Tu étais pleine de roses dans les cheveux, et tes grands yeux bleus flamboyaient de tous leurs feux.

Notre Elie est doué, tu sais, et depuis que je ne monte plus chez toi, je vais le chercher à l'école directement, le mardi surtout, et le dépose en bas. Il me raconte sa journée, on se balade, on prend le goûter, et puis je le ramène à Jeanne qui le récupère de l'ascenseur. Jeanne ou Maman, je ne sais pas vraiment. Maman ne demande jamais après moi, je me dis qu'elle ne doit pas savoir, qu'elle ne se doute pas que c'est moi qui le ramène parfois, ou que ça lui est égal, et dans ce cas, je préfère ne pas le savoir. J'aime l'idée que si elle savait, elle descendrait.

Je n'ose toujours pas monter, mais je ne veux pas le laisser. Parfois j'ai envie de le kidnapper, de le sauver, mais ce n'est jamais le bon temps, le bon enchaînement. J'aurais voulu le faire mardi dernier, mais j'avais une échographie à faire. Alors la prochaine fois. Tu parles. Imagine, Elie enlevé par ta propre sœur. Enfin, sauvé et arraché aux griffes de toutes ces mères. Imagine ! J'aurais pu être cette femme-là si seulement j'avais eu plus de temps avec toi. J'aime penser à la folie, ça me fait du bien, j'ai l'impression de m'aérer un peu l'esprit.

Ah, et Charles n'est pas venu ce mardi-là. Je lui avais pourtant envoyé un message, certes froid et détaché, mais qui indiquait l'adresse et l'heure de la consultation. Je suis rentrée dans la salle d'attente, personne, aucun message, aucune réponse. Il m'épate car, depuis ce jour, je ne pense qu'à lui. Il est devenu aussi distant que j'aurais voulu qu'il soit, et répond à mes rancœurs avec cette indifférence qui m'aurait tant soulagée il y a encore quelques semaines. Et aujourd'hui, voilà que tout m'inquiète, tout a changé, il doit savoir que je veux le garder, sinon il ne serait pas aussi réservé. L'émotion tourmentée quant à l'approche de la fin sans lui me saisit d'un vertige inconnu. J'ai peur. Je crois que j'ai non seulement besoin de lui, mais que j'en ai aussi envie. Comme c'est long.

Ce mardi, j'étais donc seule, face à cette impuissance, cet avenir en puissance, celui qui se découvre progressivement et qui commence à éclore.

Et si je l'aimais déjà ? Un garçon ? Une fille ? Peu importe, je n'ai pas voulu savoir. Charles n'était pas là, je n'avais pas à le découvrir sans lui.

J'aimerais l'appeler, le réveiller et lui crier tout ce que je n'ai jamais su lui formuler. J'aimerais qu'il me parle, qu'il crie même, lui aussi. J'aimerais qu'il m'aime encore et qu'il me le dise. J'aimerais qu'on regrette ensemble et qu'on recommence.

Mais chaque fois que je décroche le téléphone, une douleur viscérale me saisit le bas-ventre, un spasme, comme si j'allais déjà engendrer. Mon Dieu, ça me tétanise, et si j'accouchais dès maintenant ? Non, personne n'est encore prêt pour cet enfant, pas même lui.

Et si Charles n'en voulait plus ? S'il n'en avait jamais voulu ? S'il essayait de m'en persuader en s'éloignant ainsi ? S'il décidait de m'abandonner ?

Non, c'est notre enfant !

J'imagine tout, j'en pleure, j'ai peur.

Je l'appellerai et lui dirai tout. Je lui dirai qu'il faut qu'on le vive, qu'on le doit. Et que cette Libération, ce commencement final, doit se vivre avec lui.

Pathétique que je suis, oui, c'est depuis qu'il n'est plus là que j'ai besoin qu'il soit près de moi.

29 juillet, ce petit sera Lion! Ça me rassure, j'ai toujours aimé les Lion. Moi qui suis une terrienne Capricorne, j'avais besoin de feu dans ma vie.

Je réalise que toi aussi tu es Lion. Généreuse, radieuse, affectueuse, abondante, maternante, je sais maintenant pourquoi j'ai toujours été bien avec les gens de ce signe. « Ça ne veut rien dire cette histoire de signe », pourtant, pas un jour où tu ne regardais ton horoscope. Tu étais plus complexe que je ne voulais le penser.

Oh, ma sœur, plus je pense qu'il te ressemble, plus je l'aime déjà, ce petit Lion.

J'aime croire en ces choses-là, j'aime me dire qu'il y a quelque chose quelque part, que rien n'est laissé au hasard et que la vie nous sauve d'elle-même. Oui, moi ça me sauve, ça m'épargne de croire en ce qui me dépasse. Ça me console.

Et puis je me suis moi-même dépassée. Aujourd'hui, je suis allée voir Charles. Je me sentais la force de le faire, j'étais prête, pleine de courage pour lui dire enfin ce qui était le plus simple, le plus naturel et pourtant le plus dur à formuler. Je n'ai plus eu peur de lui, ni de moi face à lui, j'avais seulement peur qu'il ne soit pas là, qu'il soit ailleurs, avec une autre. C'est si bas je sais, mais c'est la seule chose qui m'obsédait. Cette jalousie que je n'avais jamais ressentie pour personne me submergeait. Puis j'ai touché mon ventre et je me suis rappelé que très bientôt, nous serions liés à jamais. L'idée nouvelle de ce lien éternel m'a rassurée. Pour la première fois, j'aurais un lien durable, incassable.

Je les veux, les deux.

Je l'ai à peine attendu quelques minutes. Lorsqu'il est arrivé en haut des escaliers, j'étais encore essoufflée de mes dernières pensées.

J'étais heureuse de le voir, enfin. Il m'a souri, je crois qu'il l'a senti. Il m'a fait rentrer sans un mot, et je lui ai déposé les photos de l'échographie, sans un mot non plus, et je suis repartie.

Tout était là, je n'avais rien à ajouter, le moment était trop fort pour l'abîmer avec des mots que je n'aurais pas su formuler, des mots bâclés.

Il était beau, il avait le teint pâle mais harmonieux, les yeux doux, la voix qui ne disait rien et qui pourtant était mélodieuse. Tu as raison, c'est un bel homme, grand comme un roc et fort comme un père. J'avais envie de me blottir contre lui, mais la bienséance et la retenue mêlées à une fierté mal placée m'en ont empêchée. Je crois bien qu'il aurait aussi voulu.

J'avais tant à lui dire, tant d'émotions, tant d'amour soudain, c'est finalement mon silence qui m'a trahie.

Pour la première fois, j'ai laissé être les soupirs, les mouvements, le temps, les regards. C'était tendre et romanesque à la fois, il n'y avait rien, et pourtant tout était là. Je n'ai pas attendu qu'il me retienne, c'est ce qu'il n'a d'ailleurs pas fait. Il a bien fait, j'ai pensé à lui tout le restant de la journée.

Et puis ce soir, en rentrant, j'ai reçu un message aussi simple que tendre pour me dire qu'il m'accompagnerait mardi prochain. Je le savais. Il viendra voir le Petit Tendre pour la première fois, notre Tendre à nous, et nous rentrerons tous les trois ensemble.

Mon cœur bat à mesure que je te parle de lui, il sourit enfin. Animée par cette vie nouvelle que je porte, j'ai l'impression de déjà ressusciter. Mais où était donc passé mon cœur tout ce temps ? En avais-je seulement, avant d'en porter un ? Mon petit être à moi ; mon Sauveur. Je n'ai presque plus peur, plus peur de ressentir la peur.

J'ai déjà hâte qu'il connaisse Elie, qu'ils jouent, qu'ils rient ensemble et qu'ils se protègent comme l'ont fait autrefois leurs mères.

J'aimerais aussi que tu vives encore pour le voir, que tu survives ces deux mois pour qu'il te voie au moins une fois. Je suis égoïste, je sais, mais j'ai appelé Jeanne tout à l'heure, qui m'a dit que tout allait, que tout semblait se stabiliser et que depuis quelques jours, rien n'avait empiré. Que peut-il bien être pire encore ?

Tu es encore en vie, du moins, tu vis. C'est assez pour moi, pour nous les sans-cœurs, ceux qui ne veulent pas voir ta douleur. J'ai envie que tu puisses voir ce qui est désormais le plus précieux à mes yeux, le plus doux, et le plus merveilleux. J'ai besoin qu'il te voie avant que tu ne partes, qu'il puisse dire plus tard qu'il t'a connue. Que je puisse lui raconter ce qu'il a rencontré. Je suis terrible, je m'en veux de ces pensées, de cette vie fantasmée tandis que je ne sais plus ce que tu veux, ni ce que tu peux encore. Tant d'amour égoïste ; j'ai ce sentiment que l'amour n'est que ça. C'est notre fin à nous deux qu'il nous faut, nos deux libérations. Celles qu'on attend ensemble et qui nous sépareront.

Cette fin que je nous donne, l'informelle, l'accidentelle, celle qui se dit « à demain » et s'en va à jamais, pourtant sereine. C'est drôle, c'est ce que je t'ai dit la dernière fois que je t'ai vue, sans savoir que je ne te reverrai plus. J'avais un caramel pour toi ce jour-là, que j'avais gardé de la boulangerie en face de l'école d'Elie. Il était presque identique à ceux que tu m'offrais petite. J'ai d'abord refusé, puis c'est machinalement que je me suis surprise à le prendre, enchantée qu'il me rappelle à toi, à nous enfants.

Nos caramels de l'enfance, ceux que je ne mangeais jamais, et qu'à présent je mange rien que pour retrouver le goût de nous, le goût des temps où tout était encore doux. Le goût de la vie avec toi, « pour la vie ». Et si on avait su, comment aurions-nous vécu ? On ne devrait rien savoir, et pourtant on devrait vivre comme si.

Voilà que je tourne encore en rond dans mes pensées, je me perds à mesure que je t'écris. Mais c'est l'exactitude des sentiments qui viennent à mon esprit et qui guident mes écrits. Les mots coulent, débordent, inondent, je ne sais même plus ce qui échoue sur le papier.

Les sentiments sont comme la vie, ils nous dépassent, nous surpassent jusqu'à nous faire trépasser. Nous perdre, nous enchaîner. Quel piège inhumain qu'est la vie !

Je t'avais donc laissé ce fameux caramel sur ta table de chevet, je ne sais pas pourquoi j'y ai repensé, là, maintenant, en t'écrivant. J'aurais aimé savoir si tu l'as bien mangé ce jour-là. Tiens, j'ai envie d'appeler Jeanne, là, tout de suite, j'ai le besoin soudain, absurde et incontrôlable de le savoir. Lorsque je l'ai posé sur la table, je me souviens que tu as souri, ce sourire mélancolique qui ne dit rien, ce sourire muet que tu as toujours surfait, trop souvent et trop bien. Alors, l'as-tu mangé, oui ? Tu aimais ça, n'est-ce pas ? Je ne sais pas pourquoi cette question m'obsède, j'ai besoin de savoir ce qui te ferait du bien, là, maintenant, tout de suite. Je veux que tu souries d'un sourire vrai cette fois-ci, avec les yeux qui scintillent, le nez qui frétille, les pommettes qui s'arrondissent. Oui, c'est ce que je veux pour toi, là, que tu sois dans le même état que moi.

Mais si j'appelle Jeanne, elle me dira de venir plus souvent te voir. Cette chipie aime me rappeler régulièrement à mon devoir. De quoi elle se mêle ? Qu'est-ce qu'elle en sait, elle, de la mort d'une sœur ? De la vie qui se termine ? Qu'est-ce qu'elle peut bien connaître de l'amour d'une sœur, en a-t-elle même une ? Je ne lui en veux même pas, ni à son ignorance, ni à son indécence. J'ai juste mal à l'idée que ça soit elle, cette femme qui n'est rien, qui te retrouve un matin, ou un soir, étouffée par la vie. Que ça soit elle qui garde ton dernier élan vital. Elle n'est pas prête, elle est bien trop humaine, trop naïve, trop simple, c'est moi qui devrais te cueillir à la sortie. Moi qui devrais te pleurer la première, moi seule le pourrais. Pas elle. Ni Maman, qui n'a jamais su pleurer. Alexandre non plus ne le pourrait pas. Il ne fera pas cet affront à Elie et ne montrera rien en public. Elie fera comme lui le jour dit, puisque la vie veut qu'un fils duplique son père.

Soit. Moi, je serai là pour pleurer, au nom de tous, et au nom du mien. Je te pleure déjà. Depuis que je t'écris, mes larmes sont ces mots, là, elles coulent sur le papier chaque jour en pensant à toi, en te parlant, en te serrant. Voilà que je pleure les mots que je ne te dis pas.

J'aurais aimé, oui, j'aimerais que tu manges ce caramel.

Il fait un soleil éreintant de lumière, la vie ne m'avait jamais montré autant de beauté qu'aujourd'hui. La paix du jardin me rappelle la félicité de l'au-delà. C'était bon, déjà. Il y cette délicieuse odeur des violettes et des marguerites, cette odeur fruitée et bénie. Les marguerites sont si belles, comment ai-je pu vivre dans ce monde sans avoir humé ces petites sucreries ? Sûrement trop de sens accablants, ils ne m'avaient pas laissé le temps de sentir et de prendre le temps.

Il fait si bon de juste être. Être pour être, et rien d'autre. Je n'entends à présent que les crépitements des feuilles fraîchement vertes du printemps déjà bien engagé, les brises d'un vent qui souffle en silence, un vent déjà déchu par un soleil tout-puissant, et les oiseaux nasiller d'allégresse. J'aime écouter la nature se heurter, s'entrechoquer, mais qui finit pourtant par toujours s'harmoniser. Toujours.

Ça y est, plus personne ne vient me déranger, me parler, et je n'ai même plus besoin de manger. Je règne en maîtresse suprême, installée sur mon trône de fer, immobile face au ciel. Solennelle, j'attends mon dernier jour, ma dernière heure, je rêve encore qu'elle soit la prochaine.

Ou celle d'après. Je continue de rêver, oui. Qui sait, peut-être que Dieu ne m'a pas oubliée, lui.

Elie n'ose plus rentrer non plus, il a peur de déranger sa mère qui communie avec le ciel. Il dit que je lui parle, que moi seule comprend la langue du silence. Depuis que je ne parle plus, Elie me demande ce que je lui dis, au « Là-haut ».

Depuis qu'on m'a réinstallée dans le jardin, que le temps le permet enfin, j'ai l'impression d'appartenir à la nature, de lui devoir ce silence, cette présence. Je sens que je suis désormais pleinement à elle, que je ne suis plus parmi les vivants, et pas encore parmi les morts.

J'ignore ce qu'on a pu dire à Elie, ce qu'il en a compris, ou ce qu'il imagine, mais je sais qu'il sait. Il sent. Je ne peux déjà plus rien lui dire, et pourtant il comprend le silence de mes mots, et c'est peut-être le plus parlant, ce silence-là.

Ce silence de mort qui m'a été imposé alors que j'étais toujours en vie. Quand la vie nous fait taire, il faut alors savoir dire les mots autrement. J'aimerais mourir de ne plus avoir su parler, de ne plus avoir pu. Une mort noble est une mort silencieuse. Une mort sans cri, insidieuse, après une attente sans scandale jusqu'au soupir final. Oui, j'aurais aimé ça.

Le temps est long, mais la nature si belle. La vie semble éternelle, quelle plaie. Ça y est. Il me faut m'en aller.

J'ai déposé Elie au judo tout à l'heure, quelle résistance ! C'est le plus jeune garçon du cours, et ce petit être, pas plus haut que ma hanche, contient autant de force qu'un homme. Quelle émotion de le voir se battre à la fois férocement et gracieusement contre ses camarades tous plus grands et plus forts que lui. Quel élan, quelle vie, mon petit Élie chéri. Nous sommes rentrés tous les deux chez toi, comme d'habitude, et je l'ai déposé en bas, comme d'habitude aussi. C'est Maman qui est descendue cette fois, qui m'a saluée cordialement, ni trop froide ni trop chaleureuse, juste ce qu'il faut pour que je ne réagisse pas. Elle n'a rien remarqué, elle s'est laissée tromper par la robe longue, grossièrement difforme au style africain-rétro que je portais ce jour-là. Pourtant, moi, je l'ai remarqué, j'ai été surprise de la voir si belle, regorgeante de plénitude. Le poids lui va bien, j'étais émue. J'ai aussi pu entrevoir le temps d'un coup d'œil furtif deux ou trois cheveux blancs sur la racine de sa frange. Maman n'a jamais eu de cheveux blancs, bien que les rides aient très vite insensiblement envahi son visage, elle a toujours eu ses cheveux de petite fille qui la préservaient de l'état moribond du reste de son corps.

Visage aride, corps d'enfant, cheveux blonds doucereux, longs mais excessivement fins, soyeux mais tristes, Maman a toujours été une chose et son contraire. Jamais vraiment maquillée, jamais vraiment coiffée, avec sa frange sur le côté, elle n'a pour moi jamais eu d'âge. Le paradoxe d'elle-même, la femme-enfant, ce mystère de la vie qu'elle porte en elle et la préserve des années qui passent. Elle a su jouer, elle a su se prémunir du temps, du mauvais temps qui nous bouffe progressivement.

C'est vrai, sa vie d'avant m'est complètement inconnue, son passé, sa jeunesse, et si je devais l'imaginer jeune, c'est plus vieille et froissée que je l'imaginerais.

Aujourd'hui, lorsque je l'ai croisée, ses pantalons taille haute style années 70 qu'elle n'a jamais su quitter avaient succombé à une robe claire et moulante d'un bleu turquoise étonnant. Lumineuse et sobre à la fois, je ne l'avais jamais vue jusqu'ici porter de robe. Ni de couleurs. Ni même de talons. Sandales marron à cuir lisse laissant apparaître ses orteils à l'air libre, elle respirait l'été. J'étais d'autant plus étonnée de voir sur ses lèvres un léger rouge-rosé couleur chair, qui faisait ressortir ses fines lèvres ourlées, quoique bien dessinées, et soulignait ses traits encore pleins de vitalité.

Elle respirait la vie. J'ai dû lui sourire sans faire exprès, un peu gênée par la situation grotesque d'une fille qui découvre sa mère, et d'une mère qui ne sait pas regarder sa fille. Je suis vite repartie, ces retrouvailles qui n'en étaient pas vraiment ont réveillé en moi une amertume enfouie. J'étais jalouse de ne plus reconnaître cette mère chétive et fluette que j'ai toujours eue, et triste de la voir mère à nouveau, avec quelqu'un d'autre, avec Elie.

Injustice, fallait-il qu'on soit des fils pour avoir droit à une mère convenable, une image, une figure féminine qui nous prend sous son sein ? Son vrai sein. Elle en avait même un peu aujourd'hui, des seins. Les as-tu vus ? Petits, ronds et nouveaux, oui, ils étaient beaux. Maman aurait dû être belle pour nous avant tout ! J'étais si bouleversée de l'intérieur que j'en avais des douleurs au ventre, il a d'ailleurs dû le sentir, mon petit Être. Tu le sais mieux que personne, les enfants sentent, car Elie ressent tout. En voyant ma robe ridicule, il m'a lancé qu'elle était trop grande et trop laide pour être une vraie robe, et que je devais être enceinte pour vouloir porter une telle tenue. Ironie de la vie, je lui ai tout avoué juste avant d'arriver et, pour acheter son silence, je lui ai offert un paquet entier de caramels-chocolats. « Tu ne diras rien, car c'est une surprise. Pour l'instant, il est comme en prison dans mon ventre, et moi, je suis comme ficelée à lui. Lorsqu'il sortira, il sera libre, prêt à commencer le début de sa vie. Ce sera la fin de l'attente, et le commencement de la vraie vie. Oui, la vie commence toujours par une fin. »

Il a ri, me jurant de ne rien dire à personne tout en ajoutant : « Il sera libre de vivre parce qu'il vient de la mort ? Maman, elle va donc mourir pour après revivre ? »

Ton fils est d'une troublante justesse, ses questions ne sont jamais interrogatives, il connaît les réponses et sait déjà bien, lui, ce que vaut la vie. Je suis repartie, un peu abattue, pensant que la vie que je porte ne sera pas le remède à celle que je perdrai, la tienne, car une vie n'en vaut pas une autre. Mon enfant ne te remplacera pas, pourtant j'aimerais qu'il te ressemble.

Depuis quelque temps, je vais à la messe chaque dimanche. Pour toi, en souvenir, en reconnaissance. Oui, je m'y sens bien, apaisée, presque soulagée, je dois t'avouer que je regrette presque de ne pas t'y avoir accompagnée. C'est calme, c'est froid et pourtant chaleureux, on est seul et pourtant on est tous ensemble, on chante pour se donner de la joie, et on écoute pour se donner du courage. J'aime écouter les paroles divines, je me dis qu'il y a autre chose, un quelque chose que j'ignore et qui n'est peut-être pas si épouvantable. Ça me fait penser à la sagesse dans les dessins d'Elie, qui rappelle l'au-delà salutaire, les cieux, la liberté, et je me dis que lui aussi il sait, et que je l'accompagnerai, à défaut de t'avoir accompagnée toi.

À la fois triste et absurde, ta souffrance aura fait naître une vraie sagesse parmi nous. Il aura fallu que tu te meures, que tu dépérisses pour que nous prenions conscience de la vie. Depuis que je t'écris, je comprends mieux la vie. Depuis qu'Elie dessine, il s'épanouit. Depuis que Maman se nourrit, elle revit.

Pour Alexandre, je ne sais pas. Tu as toujours été le centre névralgique de sa vie, sa raison de vivre, sa force, son bouclier, je ne sais pas ce qu'il deviendra sans toi. Il sera un bon père, je suppose, il saura probablement compenser, combler, Alexandre a toujours su être un bon substitut. Il jouera à la mère comme il joue au père.

J'en ai parlé à Charles, et lui non plus ne l'aime pas. Pas beaucoup, pas vraiment. En tout cas, ça me fait du bien qu'il me comprenne. Il dit qu'il est mou et me fait souvent rire en l'imitant. Lui non plus ne vous comprend pas, ne comprend pas ton choix et ton amour pour celui-là. Plus je pense à vous, plus je nous trouve différents de vous, Charles et moi, et ça me rassure. Plus droits, plus vrais, plus profonds, plus graves, nous commençons à former un corps face au monde, on s'apprend et je crois bien qu'on se comprend. J'ai mis du temps, oui, et je ne suis toujours pas au clair avec moi-même, mais je me dis que c'est lui, à cet instant-là de ma vie. Mon corps l'a choisi, et c'est avec lui que j'appréhenderai cette nouvelle vie. L'idée de l'inconnu ne me fait plus peur, l'inconnu à deux me semble déjà moins inconnu. Plus mon ventre s'arrondit, plus je me rapproche de lui, de nous, de nous en parents.

Chaque jour, mon ventre prend plus de vie à mesure qu'il s'arrondit, et même le poids ne me fait plus peur. Mon corps, inchangé depuis l'adolescence, prend enfin des allures de femme, de vraie femme, de femme prête à donner la vie. J'ai l'impression de te ressembler, et de me rapprocher un peu plus de toi. Je mets à présent des soutiens-gorge ! À vingt-trois ans, il était temps. Mais c'est peut-être ça la vraie nature, celle qui fait bien les choses, en son temps, lorsqu'on en a besoin, et pas avant.

J'aurais aimé en parler avec toi, franchir enfin cette frontière féminine qui nous a toujours séparées et parler de toute cette féminité, tout ce féminin qui m'a tant dégoûtée, auquel j'ai voulu échapper et qui m'a rattrapée. J'aurais aimé t'écouter me rassurer, me conseiller, me materner. J'aurais aimé me blottir contre toi, que tu me dises que tout ira bien, que tu me parles d'Elie et que je comprenne à quel point c'est bon, cette vie.

Je voudrais en parler avec Maman, encore, mais je crois bien que ça ne l'intéresserait pas, je crois que je suis déjà trop loin, ou alors qu'elle me voudrait loin, telle une fille oubliée. Moi, Maman, je ne l'ai jamais connue, alors je ne l'ai jamais vraiment perdue. Elle a déjà jeté son venin maternel sur Elie, qu'elle voit déjà comme son propre fils.

Tu imagines ? Heureusement que tu ne peux pas voir ça, que tu ne t'en doutes pas, tu serais épouvantée comme je le suis aujourd'hui. Cette famille m'affole et me révulse. J'ai peur d'elle sans toi, et je trouve une certaine douceur à l'idée d'avoir bientôt la mienne, par erreur et par hasard, comme si la vie pour une fois voulait bien faire les choses. Charles ne connaît que toi, et c'est la meilleure chose qui soit. Je ne sais pas comment il rencontrera Maman ou Papa, mais je me dis qu'on n'en a pas besoin, qu'on sera assez forts et unis tous les trois pour ne pas avoir à les rencontrer. Ils se croiseront, ça sera déjà bien assez. Nous aurons notre famille, j'aurai enfin la mienne, et je serai libre de ne plus leur appartenir. Être la « fille de », c'est déjà trop.

Très bientôt je donnerai la vie, à la fois à ce petit être, mais aussi instantanément à une vie nouvelle. La mienne, la nôtre, enfin.

Dans un mois et demi à présent. Comme le temps est long, et si court à la fois. Où seras-tu dans ce temps-là ?

Jeanne m'évite, je ne sais pas pourquoi, et je ne croise plus Alexandre qui est trop occupé à ton chevet, me dit Elie. C'est Maman qui descend chaque fois, comme si elle vivait là.

J'ai si souvent envie d'appeler Jeanne pour la prévenir de mon arrivée. Et puis, je me replie, je fuis, je me débine. Lâche, je t'ai pourtant déjà dit au revoir il y a quelques mois déjà. Et puis, ça rimerait à quoi si ce n'est à soulager ma conscience ? À te rendre heureuse ? Vraiment ? Ça nous ferait pleurer toutes les deux, si tant est que tu puisses encore pleurer.

J'aurais pourtant tellement envie de te montrer ce ventre rond dont je suis si fière, toi qui n'as jamais vu une seule rondeur chez moi. Et puis te serrer fort dans mes bras, toi qui manques tant aux miens. Ou simplement pour te dire une dernière fois que je t'aime. Ça me ferait du bien aussi, oui beaucoup, de juste te le dire. Et si tu pouvais encore manger, alors je t'apporterais un caramel, un autre, et je te le laisserai comme la dernière fois, sans te faire l'affront de te regarder le manger. Tu n'as jamais aimé être regardée.

Voilà. Je viendrai, je te le promets.

Tu sais, parfois je pense au prénom de notre enfant, et j'aime penser que si c'est une fille, je l'appellerai comme toi. Et puis je me rétracte immédiatement, honteuse d'y avoir pensé ne serait-ce qu'un instant. Porter un nom déjà vécu, un nom fort en histoire et en identité, c'est comme une seconde abolition, un assassinat de la mémoire. Je ne veux pas te voler, ni te substituer, ou te remplacer. Je ne veux pas l'appeler en pensant à toi, je ne veux pas qu'on l'appelle en pensant à toi. Pardon, tu mérites d'avoir ton nom à toi, ton évocation, et ta propre mémoire. Je n'imposerai aucune image lorsque l'on pensera à mon enfant ou lorsque l'on pensera à toi. Elle aura son propre nom, qu'elle chargera de sa propre histoire.

Mais j'ai si peur d'avoir une fille, pourtant je sens que je serai une bonne mère pour une fille. Je lui donnerai tout l'amour que je n'ai pas eu, toute la liberté qu'on ne m'a pas donné, et surtout du lien. Oui, nous aurons un lien elle et moi, nous ne serons pas ces deux étrangères que nous avons été, Maman et moi, non, moi je serai sa mère. Une vraie. Celle que j'aurais voulu être, celle que tu as tenté d'être aussi, un peu, pour moi, le temps d'une enfance.

Après tous ces mois, j'aime encore t'écrire, j'aime voir ma vie en te la racontant. J'aime l'idée que nous communiquons toujours, à travers les mots, à travers la pensée. Égoïste, j'ai besoin de toi pour me parler. J'ai besoin de toi pour me comprendre, pour m'apprendre. Je n'ai même plus le besoin de te voir, je te lis, je t'écoute, je te sens à travers tes mots. J'ai l'impression d'être la plus proche de toi, de partager avec toi ce que je n'ai pu partager avec personne d'autre. Comme une force ultime avant que tu ne t'en ailles, si tu n'es pas déjà partie.

Si j'avais su que l'on pouvait mourir un jour, peut-être alors aurais-je mieux vécu.

Si j'avais su qu'on pouvait se courber sans jamais plus se redresser,

S'effondrer sans jamais se relever,

S'abattre sans plus pouvoir se battre,

Peut-être alors que j'aurais pu apprendre à rêver.

Peut-être aurais-je rêvé ma vie, et l'aurais-je faite mienne.

J'aurais crié au monde entier à quel point je l'aime, et à quel point elle m'est chère.

Si j'avais su, si on m'avait prévenue, alors oui, j'aurais tout mieux vécu. Et je n'aurais pas attendu.

Si j'avais su qu'on était mortel, que la vie d'un être était aussi fragile que capricieuse, qu'elle ne dure que le temps qu'elle veut, que le temps qu'elle s'invente, peut-être alors que j'aurais su la vivre, la vie. Cette vie qui est passée sans moi, oui, j'aurais dû savoir.

Vivre comme si on savait.

Si j'avais su que la vie était là, qu'elle n'attendait que moi, je l'aurais prise.

La vie s'étiole à mesure qu'elle passe. On a trop peur, on se réfugie, on se cache derrière l'attente. L'attente de quoi ? La peur de quoi ?

La vie se vit lorsque l'on est vivant, pas lorsqu'on est déjà mort.

Charles est venu aujourd'hui. On est mardi, c'est mon nouveau jour favori.

C'est une fille, je le sentais. Le docteur l'a prononcé, l'a nommé, comme si cet enfant avait désormais une identité. Comme un besoin viscéral d'en savoir plus, d'en avoir plus, de sentir sa présence plus présente encore, c'est Charles qui a demandé le sexe. Charles est de plus en plus fort, de plus en plus homme à mesure que je deviens femme. On avance, on grandit ensemble, cet enfant nous fait naître.

C'est presque inhumain, au-delà de ce que j'aurais pu imaginer, ce que j'aurais pensé vivre ou ressentir un jour. Je me sens surpassée et j'aime ça. J'avais toujours tout vu, tout envisagé, tout prémédité. J'appréhendais tout, sans laisser de place aux émotions, à l'étonnement, au saisissement.

Je croyais ma vie déjà faite alors que je n'étais encore pas née.

Oui, cette naissance est aussi la mienne.

Ma sœur, fallait-il la mort et le trop-plein de

vie pour que je comprenne enfin ce que vaut la vie ?

Désormais, j'ai envie de vivre pour elle et pour toi. J'ai ce courage qui grandit en moi, cette force animale qui me donne envie de dévorer la vie.

Je ne veux plus être esclave de rien, ni de mon corps, ni de ma peur. Lorsqu'elle sera née, Elle, je ne retournerai pas danser. Pas comme ça, pas comme avant tout ça.

Tout me paraît si loin, un lointain inexistant, ou que je n'aurais pas vécu. Peut-être que j'enseignerai, ou que je ferai des choré, je ne sais pas. J'aime ne pas savoir, j'aime en attendre encore de la vie, avoir encore à découvrir, j'aime l'idée de recommencer, encore, jusqu'à ce que ça marche, jusqu'à que ça m'aille. Je crois que c'est finalement ça, la vie, une rengaine, un éternel recommencement, on commence, et puis on recommence pour faire en sorte que ça ne se termine pas. Enfin, pas tout de suite, pas trop vite. Avoir plusieurs vies dans une vie, se rendre la vie multiple, se donner l'illusion d'un infini, recommencer jusqu'à ce que ça soit terminé.

Je veux me réinventer, oui, vivre plusieurs fois, revivre, être un différent moi, différemment moi.

Si seulement j'avais su plus tôt. Si j'avais pu le savoir. Mais ce n'est pas trop tard, et aujourd'hui je le sais. Je sais qu'on peut s'éteindre un jour, un jour proche, un jour lointain, peu importe, ce n'est qu'un éternel sursis. Aujourd'hui, je sais que la verticalité peut céder, qu'un corps peut s'émietter et se désagréger tout entier. Aujourd'hui, je sais qu'une fois tombé, on peut ne pas se relever, que le souffle n'est pas donné, les mouvements indisciplinés et le cœur insubordonné. Aujourd'hui, je sais que la vie est là, et pour demain, je ne sais pas. Depuis que tu luttes pour chaque minute supplémentaire d'une vie que je ne comprends plus, que je ne veux plus voir, j'ai honte de ne pas vivre la mienne comme elle doit être vécue ; honte de ne pas vivre ce qu'il faut que je vive, ce que je me dois de vivre. Ni pour toi, ni pour elle, mais aussi pour moi, enfin un peu pour moi.

Je t'aurais tuée, si j'en avais eu le courage, si j'en avais eu la force et la générosité. Je t'aurais rendu ta liberté si je n'étais pas si lâche, si égoïste et si torturée. Si j'avais su comment t'écouter, oui, c'est moi qui t'aurais tuée. Tuer pour te libérer, pour te venger et te donner cette dernière volonté. Te l'offrir parce que je t'aime et qu'aimer, c'est savoir se faire passer en dernier. Pourtant, avoir la mort de ma sœur sur le cœur dépasse tout l'amour que je te porte, toute la dévotion et les sacrifices que je suis prête à faire.

Je ne peux pas. Je ne veux pas, et je ne veux pas vouloir. J'y pense chaque jour, ta libération contre ma claustration. Ta liberté ultime contre ma pénitence à vie, celle qui me plongera dans la douleur de ta mort mêlée à celle d'en avoir été la cause. Te tuer, c'est le cadeau que je ne peux pas te faire. Je n'y survivrais pas.

Et puis, de toute façon, tu ne seras même plus là pour m'en remercier. Non, tu vois, je penserais à ta mort comme celle qui t'a volée à moi, celle que je n'ai jamais tolérée, jamais acceptée. Comment faire quelque chose que l'on n'accepte pas soi-même ?

Je m'apprête à donner la vie, je ne suis plus capable de prendre la tienne.

****

Si j'avais su qu'une sœur pouvait partir un jour, qu'elle pouvait s'en aller sans jamais rentrer, alors oui, je l'aurais mieux aimée. Elle est partie mardi, et pourtant, ça fait bien longtemps qu'elle n'est plus là. Elle n'a pas attendu que je donne la vie, et c'est peut-être mieux ainsi. Je n'aurais pas su lui montrer, je n'aurais pas supporté.

Je n'ai pas vu non plus ma sœur avant qu'elle parte, et je crois être la seule ici, ce soir dans cette église, à pouvoir dire que je l'ai quittée encore belle, encore forte, encore riante et souriante. Je l'ai quittée encore vivante.

La petite sœur que je suis n'aurait pas supporté voir son idéal s'effondrer ; alors, oui, j'ai été indigne de sa maladie, mais digne de l'amour et du respect que je lui ai toujours porté.

Son intimité, sa pudeur, je ne sais même pas comment elle était durant ses dernières heures, ni comment elle a quitté ce monde dont elle ne voulait plus. Je ne sais pas, et ne veux pas savoir. Ma sœur était une femme de combat, une femme de joie et de vie, et c'est à cette femme-là que j'ai dit au revoir il y a des mois déjà.

J'aurais aimé lui dire plus, la comprendre mieux, la prendre dans mes bras. J'aurais aimé lui avouer, lui confier, la préserver aussi, un peu. J'aurais aimé la protéger, et ne pas m'être éloignée. J'aurais voulu être là durant toutes ces années où elle l'était et où je n'ai pas su en profiter.

Pourquoi seulement maintenant ?

Parce qu'on croit toujours qu'on a le temps, qu'il y aura toujours un autre moment, et que « plus tard » c'est déjà maintenant. C'est faux, il faut saisir tout ce qu'on peut avant que ça nous échappe. Saisir les mots, saisir la tendresse, saisir les êtres qu'on aime, et même si on ne les aime pas, qu'on essaye. Il faut saisir avant d'être saisi.

La vie est un scénario dans lequel on est pris et auquel il faut s'adapter. On naît dans une famille où tout va sans rien vraiment aller. Tout est en règle, tout coule, tout est bon sur le papier. Un père et une mère en bonne santé, une jolie maison, dans un joli jardin, assez grand pour gambader et se sentir bien. Un poisson, une tortue, et même un chien. Une grande sœur qui joue à la poupée, aide aux devoirs et sait se faire respecter. Une grande sœur qui ne fait pas peur, au contraire, une grande sœur qui protège et qui rassure, une grande sœur qui fait du bien au cœur.

On naît pour être heureux, on a tous les ingrédients pour, et puis en fait non. Trop évident, trop flagrant, peut-être trop facile, on décide de rester immobile et de voir défiler notre vie.

On attend, on se dit que ça viendra avec le temps, et puis non, toujours pas.

Rien ne vient, et rien ne viendra. La vie, c'est comme ça. On la prend, on l'empoigne ou elle passe et s'en va.

Aujourd'hui j'ai perdu ma sœur, la plus grande évidence de ma vie, celle qui n'avait jamais failli, celle qui aurait dû perdurer à l'infini. Mais non, rien n'est dit, rien n'est acquis, et ce n'est qu'aujourd'hui que je l'ai vraiment compris. Quand je vous regarde tous assis devant moi, pleurant un être que vous aurez déjà oublié dans quelques années, je me demande pourquoi vous êtes tous là, beaux et tristes, assis, tandis qu'elle est là, elle, allongée et endormie à jamais. Peut-être qu'il faut voir, qu'il faut sentir et humer de près la mort qui nous pend au nez, pour enfin comprendre qu'il ne faut pas se laisser et s'abandonner.

Alors, oui, par respect pour elle, pour celle qui fut un peu de mère, un peu de père, un peu de sœur et peut-être un peu de frère. Celle qui était mon tout, ne me laissant plus rien, pour elle, je vais être deux fois, trois fois plus qu'il ne le faut. Compenser, rattraper, déchaîner, dévorer tout ce qu'elle ne dévorera pas, et puis vivre, parce que c'est la seule chose à faire ici.

Une sœur qui meurt, c'est une partie du cœur qui se meurt aussi, une partie de soi qui s'en va. J'ai perdu une partie de moi aujourd'hui, et dans quelques semaines, j'aurai un peu plus de vie, j'aurai une petite fille. Elle ne remplacera rien, mais elle aura cet inéluctable don inné d'apporter de la vie à ma vie. J'aurais aimé que ma sœur la voie, qu'elle lui parle et qu'elles se connaissent. J'aurais aimé, mais non. Ça n'arrivera pas et il faudra pourtant que ça continue, et que ça ne s'arrête pas.

Aujourd'hui, je voudrais remercier mes parents d'avoir créé cette famille, d'avoir fait ce lien qui a bercé ma vie et qui la bercera encore. Je voudrais vous dire merci, parce que vous l'avez fait, elle, que vous le vouliez ou non, cette enfance, cet amour, c'est aussi un peu vous.

Maman, pour la première fois depuis des années, je t'ai serrée fort dans mes bras ce matin. L'instinct, l'envie maternelle, l'affection impérissable, la pulsion de vie qui ressurgit dans ces moments-là… Je ne sais pas, mais ce qui est sûr, c'est que c'était bon. C'était bon de sentir sa mère, et de lui dire à quel point on l'aime, cet amour aussi absurde qu'inconnu, et pourtant si nécessaire.

Non, je ne dirai pas que la perte de ma sœur m'a permis de récupérer l'amour de ma mère, ou de le lui montrer, non. Je ne dirai pas que sa perte m'a permis de me rapprocher des gens que j'aime, des gens que j'ai aimés, et puis soudain arrêté d'aimer pour des raisons complètement ignorées, non. Je ne dirai pas non plus que sa perte m'a permis de comprendre que la vie et les gens ne durent pas éternellement, et que rien ne dure vraiment, non. Non, je ne dirai pas que la perte de ma sœur m'a aidée à accepter la vie comme elle est, les hasards, les surprises, les mystères et l'inconnu, non. Qu'elle m'a fait accepter la vie que j'ai portée, celle que je m'apprête à donner, et qui m'a été confiée, non.

Je ne dirai pas ces horribles vérités qui ne sont pas vraies, car tout attendait, tout était là, il n'y avait que moi qui n'arrivais pas à le vouloir, qui n'arrivais pas à voir, et pourtant. Pourtant il y a eu cette alarme, ce déclencheur, cette claque de vie en pleine mort.

Faut-il que la mort nous touche pour comprendre la vie ? Faut-il qu'on perde, qu'on souffre et qu'on vive profondément la douleur pour s'autoriser à s'en libérer ?

Je prends la parole aujourd'hui devant vous comme pour témoigner, pour prévenir. Pour dire ce que j'aurais voulu qu'on me dise plus tôt, pour qu'on ne dise pas « et si j'avais su », et qu'on le sache enfin.

Chère Aurore,

Toutes mes félicitations pour votre petite fille Marguerite. C'est un très joli prénom, qui doit sans doute avoir un lien avec votre sœur ou Elie, ou peut-être aucun des deux. Après tout, tout le monde aime les fleurs, n'est-ce pas ? Pourtant, à l'enterrement, vous avez déposé une marguerite sur son tombeau, et j'ai un jour lu que c'était sa fleur préférée, qu'elle revenait souvent dans les dessins d'Elie et qu'elles poussaient à cette période de l'année dans son jardin. D'où le surnom « le jardin de Marguerite » écrit à l'entrée. N'est-ce pas ?

Je tenais à vous écrire, à défaut de pouvoir vous dire, puisqu'il semblerait que vous m'ayez contaminée, vous et votre plume enragée, à ce moyen de communication. Et puis, ce que j'ai à vous dire n'est pas agréable à formuler, ni même à écouter, alors mieux vaut le lire avec votre voix, je crois que ça adoucira tout ça.

Je n'ai aucune haine contre vous. Bien que toutes les deux, vous m'ayez profondément blessée, je ne vous en veux pas. Au contraire, ça m'a appris la vie différemment. Le brutal, l'hypocrite, le lâche. J'ai beaucoup appris grâce à vous. Je ne suis peut-être pas aussi sophistiquée que vous, pas aussi torturée, et probablement pas aussi intelligente ou cultivée. Je n'ai pas la maîtrise du verbe ni les idées qui vont avec. Mais j'ai du cran, et plus que ce que vous l'imaginiez, et ma vie ne se réduisait pas à servir de jambe et de bras à votre sœur, non. Mais vous êtes beaucoup trop narcissique pour voir le reste du monde, pour l'affronter et vous y confronter. Vos tracas, vos ennuis, vos grandes idées, vos discours grandiloquents, c'est beau, mais c'est vide. En écrivant à votre sœur, vous ne pensiez qu'à vous, en lui écrivant, vous ne guérissiez que vous. Vous ne la voyiez pas, elle, bien trop attachée par la vision que vous aviez d'elle, que vous vouliez avoir d'elle, et pour ne surtout pas vous brusquer, vous l'avez évincée. Vous vous faites du mal, et vous continuerez si vous n'apprenez pas à aimer l'autre, à lui donner une place, et à vous oublier, au moins le temps d'un vrai échange.

Si je vous écris, c'est aussi un peu égoïste, une façon à moi de me soulager, aussi. C'est pour vous dire que je l'ai fait. J'ai fait pour vous ce que vous vouliez faire, sans en avoir le cran, la force ni le courage. J'ai fait ce que vous m'avez demandé de faire, sans oser me le demander. J'ai fait pour vous, ce qu'elle voulait que vous fassiez pour elle. C'était un mardi, le jour qu'elle avait choisi.

Il y avait bien le caramel, le fameux, le dangereux, et surtout le dernier. C'est une chance qu'elle pouvait encore mâcher, son état chaque jour ne cessait d'empirer. Alors voilà, ça a été fait. Après avoir porté et supporté votre sœur pendant des mois et des années, j'avais comme cette mission que je m'étais imposée, comme pour finir le travail commencé. Et c'est ce caramel, celui qui vient de vous, qui aura été son dernier goût. C'est donc un peu nous, vous et moi, qui l'avons fait pour elle. Vous voyez, je ne suis pas si rancunière, vous avez pris part à l'acte, sans en subir ni les remords, ni les insomnies, ni les pensées funestes qui s'en suivent. Longtemps. Mais comme je vous l'ai dit, j'ai plus de cran que vous le pensez, et je suis plus forte que vous ne l'imaginez.

Rassurez-vous, elle n'a pas souffert. Pas une seconde. Au contraire, c'est un moment de répit dans sa douleur qui lui a été offert. Le dernier moment pour quitter ce monde en douceur et sans douleur.

Partir sans souffrir, c'est le cadeau qu'on lui devait, et que je lui ai fait.

Alexandre n'en sait rien, Elie ainsi que vos parents non plus, et je vous demanderai de garder le secret. Comme vous l'avez si bien dit tout au long de vos échanges, personne ne comprendrait, et personne ne voudrait comprendre. Les gens ne veulent pas comprendre, ils n'aiment pas la clarté, ils ont peur du vrai.

Ainsi, vous garderez le secret, et je ne relèverai ni vos mots étalés, ni ceux que vous pensez des uns et des autres. Vos pensées « éructées », sans vous soucier de ce qu'on aurait pu penser, nous, les visés. Je vous lisais, je la lisais, mais enfin ça, vous le saviez. Comment je vous lisais aussi ? Il y a deux ans, vous étiez passée en urgence pour consulter vos mails. Depuis, votre boîte mail est toujours restée ouverte, comme si vous aviez laissé une porte ouverte. Peut-être pensiez-vous qu'elle aurait pu vous lire, sans avoir à lui dire ? Ça aurait été trop beau, ou trop fou. Mais non, rassurez-vous, ça aurait été méconnaître votre sœur et son intégrité. Elle le savait, et n'a jamais osé ni me demander, ni même essayer, et heureusement, car vous lire l'aurait, je crois, achevée.

Mais qu'attendiez-vous de moi ? Chaque mot de vous me révoltait, votre suffisance, votre ingratitude, votre lâcheté, votre indifférence, votre amour-propre. Étiez-vous vraiment sœurs ? L'aimiez-vous seulement ? Les pages de votre sœur, elles, me brisaient le cœur. Ses angoisses, ses appels au secours, ses cris que personne ne voulait entendre, pas même vous. Ses supplications, ainsi vous fermiez les yeux délibérément, sans honte et sans remords, tandis qu'elle se mourait seule dans mes bras.

Il y a bien eu cette veille, où j'ai cru voir une ombre par la fenêtre. Une frêle silhouette, un esprit, une illusion. Oui, j'ai vu ce gabarit meurtri et hésitant, cette ossature tremblante qui errait sans discernement. Était-ce bien vous ? Était-ce votre squelette qui se mouvait pour voir si celui de votre sœur, lui, était bien endormi ? Était-ce une rêverie, un désir de moi pour elle ? J'étais seule, il était tard, je regardais dehors la vie endormie et c'est vrai que je pensais à vous. C'est vrai que déjà je vous fustigeais, avec haine et regret, je vous opprimais par la pensée. Je vous insultais même, après tout, en pensée, on a tous les droits ! Ainsi, je ne saurai jamais si c'était vous ou si c'était moi. Si c'était un pas de désespoir, de lâcheté, de trahison, de remords, de crainte, ou de je ne sais quel autre vice qui vous berce. Si c'était un pas final qui aurait sauvé sa fin, cette veille de fin, ou si ce n'était finalement rien. La question est restée sans réponse, et l'issue est demeurée la même, car nous avons passé la nuit seules, comme les journées qui les ont précédées.

Il y avait bien Alexandre, mais toutes les horreurs et les douleurs du quotidien, c'est moi qui les vivais avec elle, c'est moi qui voyais son vrai mal, et c'est à moi seule qu'elle confiait sa détresse.

Peut-être que l'avoir fait a été, en fait, un acte égoïste. Peut-être que je ne tenais plus, et qu'en abrégeant ses souffrances, j'ai aussi abrégé les miennes. Vous voyez, nous sommes tous bercés d'égoïsme d'une manière ou d'une autre, bien que mon égoïsme à moi lui a sauvé la fin de sa non-vie.

Je me demande encore ce que vous faisiez, pendant tout ce temps. Ce que vous attendiez de la vie, et surtout d'elle. Vous observiez sans être là, vous jugiez, vous supposiez, vous vous agitiez telle une adolescente hystérique tandis que nous étions là, autour d'elle, à la soutenir, à la porter, aussi bien physiquement que moralement. Non, c'est vrai, nous ne l'avons pas soignée, nous n'avons ni retardé sa mort, ni épargné sa vie. Mais nous avons adouci ses journées, nous l'avons fait sourire et même parfois rire. Nous lui avons montré qu'elle n'était pas seule, que nous nous battions avec elle, et que sa vie ici-bas ne serait jamais vide et jamais abandonnée. L'abandon, n'est-ce pas la pire des morts ? Lorsque l'on a connu la chose ou l'être aimé, lorsqu'on sait qu'il est encore, mais qu'il n'est plus à nos côtés, n'est-ce pas le pire de tous les décès ? Peut-être aurait-il fallu lui dire que vous aviez disparu, car si vos monologues vous rassuraient, apaisaient votre conscience et allégeaient votre cœur, le sien à elle, était bien lourd et bien vide de vous.

Je ne suis personne pour vous en vouloir, pour vous blâmer ou mépriser votre comportement. C'est vrai, qui sait comment j'aurais agi à votre place. Mais j'avais besoin de vous écrire ma colère et peut-être, en ouvrant vos yeux, réveiller votre conscience, et vous permettre de faire de votre deuil un deuil plus juste, car vous n'étiez déjà plus de sa vie depuis bien longtemps.

Je m'arrêterai sur ces mots. À mesure que je vous écris, j'en perds le souffle et l'énergie.

Après avoir travaillé pour votre sœur, après avoir vécu au cœur de votre famille, goûté à votre vie, je me dois de revenir à moi. Vivre à travers et pour quelqu'un, lui être dédié, tout lui donner jusqu'à s'en oublier, c'est épuisant, ça détruit. Il est donc temps pour moi de renaître, aussi, la renaissance générale, donner la mort, donner la vie, cet Un qui ne va pas sans l'autre, cette sempiternelle dynamique, ce duo inépuisable, bref, vous ne savez que trop bien ce dont je veux parler. Ainsi, je suis partie loin d'ici, non pas pour fuir mais pour me sauver.

Pardon, j'ai promis de m'arrêter. Je m'en vais, et c'est à votre Elie chéri que je vous laisse, votre mère qui se bat malgré tout ce que vous pensez, votre père qui n'a pas d'autre choix que d'être ce qu'il est, Alexandre qui vous aime plus que ce que vous croyez, et toute cette famille aussi imparfaite qu'une autre, mais plus aimante que ce que vous voudriez le penser. C'est vrai, ça vous arrangeait. Je vous laisse donc à tout ce beau monde qui est le vôtre, et je vous souhaite du courage, non pas pour les affronter eux, mais pour vous affronter vous-même. Vous n'êtes pas aussi forte que vous pensez l'être, et pas aussi lâche que vous le voudriez.

Je vous quitte, sans vous dire au revoir, car ce serait mentir, mais je vous souhaite sincèrement le bonheur que vous fuyez et qui est pourtant là, à vos côtés, peut-être même à cet instant dans vos bras. Attendre de se savoir mourir pour enfin vivre sa vie est le pire des meurtres, alors vivez-la, votre vie, parce que votre sœur, elle, aurait su la vivre.

Belle fin de journée,
Bien à vous,
Jeanne N.

Je tiens tout particulièrement à remercier ma douce Maman, qui a été, il y a déjà trois ans, la première à m'avoir lue, à m'avoir soutenue et à toujours y avoir cru.
Je remercie Anne, mon éditrice, pour sa patience et sa grande bienveillance.
Je remercie aussi Yves Michalon, pour m'avoir fait confiance.
Je veux aussi remercier Jais Azoulay, mon psychanalyste, et son insistance pour que ce livre soit écrit.
Je remercie aussi Annick, ma chère marraine, qui m'a poussée dans l'arène.
Et je remercie enfin mon père, Daniel Sibony, qui m'a transmis l'amour et l'envie d'écrire.

Composition et mise en page : Thomas Ragage

Dépôt légal : août 2022
N° d'édition : 979

Achevé d'imprimer en juin 2022 par Corlet Imprimeur - 14110 Condé-en-Normandie
N° d'imprimeur : 22050608 - Imprimé en France